Sez Aah

Erotische Storys

Sez Aah

Erotische Storys

Inhaltsverzeichnis

II

Hinterm Samtvorhang

„Du stinkst aus dem Maul. Geh weg!" Ich schubste meinen aufdringlichen Kollegen weg, der den ganzen Abend Mettbrötchen mit Zwiebeln gefressen hatte. Er taumelte gegen eine Wand und erbrach sich ins eigene Frackhemd. Gut so.

Ich ließ ihn liegen und ging hinter einer Blondine her, deren großer Po bei jedem Schritt so schwang, dass ich unter dem hochgewirbelten Minirock zwischen ihren Pobacken ihr schwarzes Schamhaar-Vlies sah. Ich konnte nicht anders, griff durch das Loch in meiner Hosentasche unauffällig nach meinem harten Schwanz und rieb ihn. Die Frau hatte wohl darauf gewartet, dass ich ihr folgte. In einem dunklen Hauseingang schob sie den Rock über ihren gewölbten Po hoch, um mir zu zeigen, dass sie keinen Slip trug, was ich ja schon wusste. Dabei sah sie zu mir herüber. Dann ging sie zum Straßenrand, setzte sich auf einen kleinen Pfosten und rutschte, mich anlächelnd, ein wenig darauf herum. Als ein Taxi vorbeigefahren war, überquerte sie die Straße. Ich ging zu dem Pfosten, tat so, als schnürte ich mir die Schuhe und roch am metallenen Wulst: Ein elektrischer Schlag durchfuhr mich, als ich den erregenden Geruch ihrer Muschi wahrnahm. Mein Schwanz richtete sich auf wie eine dicke Kobra und riss dabei das Loch in meiner Tasche weiter auf. Ich konnte nur gebückt weitergehen und beobachtete, wie die Frau in einem Club verschwand, über dem sich eine nackte Neonnixe wand.

Es ging eine Treppe hinab. Unten zerteilte ich schwere faltige Samtvorhänge und landete mit der Nase in den moschusduftenden, krausen Haaren einer Achselhöhle. Sie gehörte einem Mädchen, das nur mit hochhackigen Schuhen, einem halbdurchsichtigen BH und hautfarbenen Slip bekleidet war und ein Tablett hochgestemmt durch die rotbeleuchteten Räumlichkeiten trug. Neugierig streckte sie ihre freie Hand nach meinem Schritt aus und tastete die gewaltige Ausbeulung meiner Hose ab. „Da kann ich ja mein Tablett drauf abstellen", flüsterte sie. Ihre Hand verschwand unter meinem Hemd, mit ihren Fingernägeln kratzte sie leicht über meine Brust, spielte mit einer Warze, bohrte einen Finger spielerisch in meinen Bauchnabel und dirigierte mich dann sachte in die Hocke auf eine lederne Ottomane. Direkt vor meinem Gesicht ließ sie ihre Hüften zur Musik kreisen. Ich sah, dass sich vorne auf ihrem Höschen ein Fleck bildete und ausweitete. Mit jedem Hüftschwung kam der Eingang zu ihrer duftenden Honighöhle meinem Gesicht näher und näher. Ja, sie war ein wildes Mädchen. Plötzlich aber packte sie die riesige behaarte Affenhand des Barkeepers irgendwie um die Taille, und ich sah, wie er das Mädchen ohne Anstrengung zu sich hinter die Theke hob und sich auf den Schoß setzte. Das Zerreißen von Stoff, das gleich danach in ein schmatzendes Geräusch überging, war deutlich zu hören. Das Mädchen erschauerte und holte so tief Luft, dass sich ihre Brüste aus dem Mieder quetschten, die Warzen steil aufgerichtet und glänzend. Sie atmete zittrig seufzend aus und begann langsam, wie im Sattel eines schreitenden Pferdes, auf- und abzugleiten.

Eine dunkelhäutige Frau, die einen Tanga trug, nahm meine Hand und legte sie auf ihre Arschbacken. Während sie vor mir herging, schmiegte sich mal die eine mal die andere ihrer prallen Pohälften in meine Handfläche. Wie große Kugeln, die ich immer fester fasste, rieben sie aneinander. Die Frau, deren Körper nach Kokosfett duftete, führte mich in ein Separee. Dort kniete sie sich vor mich, öffnete den Mund und streckte ihre lange, hellrosafarbene Zunge heraus. Sie leckte damit über meine unförmig ausgebeulte Hose, fasste mit ihren Zähnen den Reißverschluss, zog daran, und mein Schwanz schnellte heraus. Sie schnupperte daran, ließ dicken Speichel darauf tropfen und verrieb ihn. Sie stülpte ihre Lippen vor, ließ die pralle Eichel meines pochenden Kolbens in ihren warmen Mund gleiten und spielte damit. Dann kroch sie mich ableckend und leicht beißend an mir empor, bis sich unsere Münder trafen. Sie schmeckte nach Butter, und ihre harten, spitzen Brustwarzen drängten mich in die Polster zurück. Mit einem Fuß zog sie ein kleines Tischchen heran und ließ sich vor mir darauf nieder. Plötzlich hob sie eines ihrer Beine und legte es sich in den Nacken, dann das andere. Nun war ihr Mund über ihrem Geschlecht. Ihre Zunge fuhr unter den schmalen Tangastreifen. Als sie ihre Zunge in ihre glatt rasierte Spalte hineinstieß, stieg mir der erregende Geruch ihrer Vagina entgegen. Kehlig schnurrte die Frau etwas und rückte über das Tischchen rutschend auf mich zu. Dabei spannten sich die Muskeln ihrer Oberschenkel an, lockerten sich wieder, spannten. Mein violetter Pfahl stand vor mir wie ein Steuerknüppel. Er schien zu dampfen, roch nach ihrer Spucke und streckte sich immer noch. Auf ihm wölbte sich die riesige, lilafarbene Eichel, die so glänzte, dass sie die Vorhangritze hinter mir spiegelte. Ich sah dort eine Frau stehen, die uns zusah und sich dabei rieb. Währenddessen hinterließ die auf mich zurutschende Tanga-Frau eine feuchte Spur auf dem lackierten Tischchen. Ich beugte mich vor, und wir spielten mit unseren Zungen über und in ihrem Loch, das bald weißlich schäumte. Mein Schwanz geriet irgendwie unter das Tischchen und hob es an wie ein Wagenheber ...

In diesem Moment tauchte die Blondine hinter der Tanga-Frau auf, drehte die Hilflose zu sich herum und steckte ihr einen Dildo in die Scheide. Die Dunkelhäutige zuckte im Orgasmus, und Saft tropfte am Dildo auf den Teppichboden hinab. Jetzt steckte die Blonde ihr noch den kleinen Finger in den Po, - der Aftermuskel schloss sich darum und kaute im Rhythmus der Lustschauer darauf herum -, dann zog die Blonde mich mit sich fort. Mein Pflock schwenkte vor mir hin und her und schlug gegen ihre Arschbacken. Sie hatte ihren Rock gehoben und hielt ihn mit den Zähnen fest. Sie griff nach meinem Schwanz und zerrte mich in eine kleine warme Kammer. Dort steckte sie sich kurz den bisher unbenutzten kleinen Finger der linken Hand in ihr Poloch, roch daran und befand den Geruch für gut. Sie zog mich zu Boden und führte mir abwechselnd ihren Arschgeruch und den der anderen Frau vor. Ihrer roch nach Honig, der der Tanga-Frau nach Pferdeäpfeln. Beide erregten mich so, dass auf meiner Eichel ein Tropfen erschien, den die Blonde ableckte. Nun schleimte sie meinen Schwanz, der vor Prallheit schmerzte, mit Spucke ein. Dabei saß sie wippend auf dem ledernen Knauf eines Sattels, der auf dem Kunststoffboden lag und wohl vom Mösensaft früherer Reitübungen verkrustet war. Der Geruch von Leder, Spucke, Schweiß, Honig, Pferdeäpfeln und der würzige Duft ihrer feuchten Muschi vermengten sich. Sie riss mir die Hose herunter und krallte ihre Finger in meine Poritze. Dann setzte sie sich mit ihrem haarigen Geschlecht auf mein Gesicht. Ich leckte ihren Kitzler und spürte, wie ihre Schamlippen nach meiner Zunge griffen und sich zusammenkrampften. Ihr Saft lief mir in den Mund, ich schluckte ihn und merkte, wie meine Arschbacken härter und härter wurden, wie sich mein Hodensack ausdehnte, Sperma sammelte, um es herauszuschleudern ... gleich würde mein steifes Rohr platzen und spritzen, Puddingschüsseln voll heißem geschmolzenen Camenbert würden an ihren Gaumen klatschen, und sie würde meinen Saft schlucken und dabei weitersaugen. Während meine Finger oben ihre Brustwarzen rieben, brach unten meine Zunge den Widerstand ihres Polochs. Keuchend hob sie ihren Arsch von meinem Gesicht, ihre Vulva triefte von ihrem Saft, und ein Faden meiner Spucke hing zwischen ihren gespreizten Beinen herunter. Ihre Schenkel zitterten und spannten sich immer wieder unkontrolliert an. Jetzt ließ sie sich langsam und seufzend auf meinen Schwanz sinken. Ich sah, wie er ihren Schlitz öffnete, dehnte und stopfte. Sie zuckte und Spucke tropfte ihr aus dem Mund in mein Gesicht. Als sie sich nun langsam wieder hochstemmte und zufrieden auf meinen von ihrem Sirup überzogenen und glänzenden Schwanz schaute, wusste ich, was sie wollte. Sie rutschte ein kleines Stück näher, dabei glitt ihr feuchter Busch über meine Bauchdecke. Jetzt dirigierte sie meinen armdicken Schwanz unter ihre Rosette, die sie geschickt mit ihren Fingern weitete. Als er begann, in sie einzudringen, stöhnte sie, ihr Atem strich fiebrig über mich und ich sah ihre geweiteten Nasenlöcher. Mit wilder Entschlossenheit setzte sie sich nun mit ihrem ganzen Gewicht auf meinen Pflock und kniff sich dabei in die Brustwarzen. Aber noch immer steckte mein Schwanz nicht einmal zur Hälfte in ihrem Arsch. Immer wenn sie sich ein Stück weiter auf ihn spießte, quoll Saft aus ihrer Möse, der mein Schamhaar tränkte und bis in meinen Bauchnabel floss. Ich rieb sie und griff in ihren Spalt. Sie musste erst einmal absteigen und beschnüffelte den pochenden Kolben, der in ihr gesteckt hatte und braun von ihrem Po war. Sie leckte ihn ab, küsste mich und ich schmeckte ihren Arschhonig, gleichzeitig stülpte sie ihre Muschi darüber. Sie flüsterte etwas wie „Schmiere" und führte sich meinen nun glitschigen Schwanz hinten ein. Dieses Mal schafften wir es, und sie ließ ihren Kopf in den Nacken fallen und begann mich zu reiten. Ich saugte an ihren harten, himbeergroßen Brustwarzen. Sie griff hinter sich und steckte mir einen Finger in mein Arschloch. Ich spürte, wie sich alles in mir lockerte und ausholte, um durch mein Eichelloch schwere Lava hinauszuschießen. Sie wimmerte mit hoher Stimme etwas, umklammerte mich, kratzte über mein Gesäß, knetete meine Eier und biss mich in Brust und Lippen. Und all das lächelnd und mit halbgeschlossenen Augenlidern. Als ihr Anus anfing, meinen Schwanz rhythmisch zu melken, fühlte ich, wie endlich aus meinem prallen Sack das brodelnde Sperma mit Wucht durch meinen pulsierenden Schwanz emporschoss und in harten, schweren Eruptionen aus meinem

Eichelloch in ihren engen dunklen Arsch hineinspritzte, wie sich etwas in mir wieder und wieder
zusammenzog wie ein Tintenfisch beim Rückstoß,
immer wieder, und wie mich ihr heißer Urinstrahl
bespritzte ...

Liebe am Nachmittag

Paris. Ein Nachmittag im Spätsommer. Aus den Mülltonnen strömt süßlicher Verwesungsgeruch. Es ist drückend schwül, manchmal wehen heiße, kurze Windstöße durch die Straßen, Boten eines nahenden Gewitters, der Himmel ist bleigrau, dunklere Flecken wachsen dort oben. In einem muffigen Park gehe ich an schwarzen knolligen Baumstrünken vorbei und beobachte ein Pärchen, das zwischen zerknüllten Taschentüchern unter einem Gebüsch liegt. Sie sitzt auf ihm und tut so, als ob sie auf dem Sattel eines Pferdes säße und eine Peitsche schwänge. Ihre engen Jeans reiben aneinander, sie rutscht ein wenig auf seinem Schoß herum, um sein geschwollenes Glied durch den festen Stoff hindurch an ihrer Vulva zu spüren, die beiden wirken wie zusammengeschweißt. Jetzt beugt sie sich herab, streckt ihre glitzernde starke Zunge lang aus ihrem dunkel geschminkten Mund und lässt sie zwischen seinen Lippen verschwinden. Dann öffnet sie ihren Mund soweit es geht, es sieht aus, als ob sich die beiden auffressen wollen, seine Hände packen sie an der Taille, schieben sie leicht vor und zurück, umspannen ihre festen prallen Pobacken. Ich verstecke mich hinter einem Baum und sehe ihnen zu. Das Mädchen schaut mit verschmiertem Lippenstift auf, sie sieht mich, aber öffnet vielleicht gerade deshalb langsam ihre Bluse, so dass eine schöne weiße Brust mit hellroter steil aufragender Warze zum Vorschein kommt. Jetzt zieht sie den Kopf des Mannes heran und lässt ihn ihre Brust lecken, dabei sieht sie mit offenem Mund zu mir herüber und lächelt, ihre Brust glänzt vom

Speichel des Mannes, und immer wieder federt der rote Nippel aus seinem Mund hervor. Ihr Gesicht wird für einen Moment hässlich, als sie sich irgendwie gierig über die Lippen leckt, und ich gehe schnell weiter. Unauffällig zerre ich mein Hemd über die Hose, damit mein eingezwängter dicker Schwanz nicht so auffällt.

Mein Magen knurrt und ohne nachzudenken gehe ich in eine kleine Sushi-Bar. Eine alte Klimaanlage bläst etwas muffige lauwarme Luft durch den Raum. Eine stämmige junge Frau geht an mir vorbei und holt eine Menükarte. Ihr enger Rock lässt ihre Schenkel beim Gehen aneinanderreiben, sie kann nur langsam gehen, und ihr runder Po wackelt dabei hin und her. Im Hintergrund rollt der Koch Reisbällchen zwischen seinen Handtellern. Sie beugt sich zu mir herab und fragt nach der Bestellung. Ich sehe ihre kleinen weißen Zähne und überlege, ob ihre pflaumenfarbenen Lippen salzig und nach Meer schmecken. Ich habe den Eindruck, dass sie mir auf den ausgebeulten Schoß sieht. Sie fragt, ob ich mir einen von den frischen Fischen aussuchen möchte. Als sie vor mir hergeht, steigt mir ihr Geruch in die Nase, dicht und würzig. Der Koch bleibt im Hauptraum, schlägt unbeirrt Fischen die Köpfe ab und zerlegt sie in rosige Streifen. In der Küche strömt uns Dampf entgegen. Die Frau tritt an ein großes Bassin, streift den Rock ein wenig hoch, um auf einen kleinen Stuhl zu steigen, und für einen kurzen Augenblick sehe ich, dass sie keinen Slip trägt, sehe ihren blauschwarz bemoosten Schlitz, ihr dichtes Schamhaar zeichnet sich eine Zehntelsekunde zwischen ihren Schenkeln ab wie ein kleines, feucht herabhängendes

Ziegenbärtchen. Das Wasser ist warm, sagt sie, fragt, welchen Fisch ich haben möchte, und ihr Po wölbt sich über mir, während sie mit einem Kescher den von mir gezeigten Fisch herausholt. Er windet sich im Netz, sie nimmt meine Hand und führt sie über den schleimigen Rücken des Fisches, ihre Nasenflügel weiten sich, sie beschnüffelt den Fisch und küsst ihn auf sein breites zahnloses Maul. Schweißtropfen stehen auf ihrer Stirn. Plötzlich lässt sie sich in den Schneidersitz sinken, und jetzt sehe ich ihre rosafarbenen faltigen Schamlippen, zwischen den großen Lippen heller und feucht-schleimig die kleinen wie eine Schmetterlingsnudel oder eine Blüte. Ihr schwerer Duft steigt unter dem Rock hervor, während sie den zappelnden Fisch betrachtet, lange wird er nicht mehr leben, sie führt meine Hand vom Fisch an ihr heißes Geschlecht, streichelt mit meiner Hand ihre glitschigen Lippen, ich spiele mit den cremigen Falten und ihrem Kitzler, der hervorgeschwollen ist. Sie spreizt sich dabei weiter und weiter, will, dass ich ihre pinken inneren Schamlippen so weit auseinanderziehe, bis ich ihr schwarzes nasses Loch sehe, das wie ein gieriger Mund gestopft werden möchte. Jetzt stößt sie aber meine von ihrem Saft bedeckte Hand weg und führt den sich windenden Fisch langsam in ihre Scheide ein. Ich sehe, wie sein Maul ihren Tunnel weitet, wie seine Augen, dann die Seitenflossen darin verschwinden, sie wirft dabei vor Lust den Kopf zurück, ihre Schenkel zittern, sie kneift ihren muskulösen Po zusammen, entspannt sich, kneift wieder, und aus ihrem Mund kommen Seufzer. Der Fisch steckt jetzt bis zum Schwanz in ihr und sie zwickt ihn, damit er sich stärker bewegt. Sie zuckt mit dem Fisch, zieht ihre Bluse über den Kopf, ihre Brüste sind voll, die dunklen Warzen lang und steil aufgerichtet, ich sehe, wie der Fisch mit der Schwanzflosse schlägt, ihre schweren Haare fallen ihr auf die Schultern. Sie lächelt mich an und öffnet mir den Hosenstall. Mein Schwanz ragt pulsierend aus der Unterhose vor ihr empor und riecht etwas fischig nach eingetrocknetem Sperma und Urin. Der Geruch macht sie noch geiler und sie lässt Spucke in ihre Handfläche laufen. Sie umgreift meinen dicken Schaft, zieht ihn vor ihr Gesicht und beschnüffelt ihn ausgiebig. Jetzt schmiert sie ihn ein, wichst ihn dabei etwas und lässt dann meinen großen krummen dickadrigen Ständer gegen ihre dunklen harten Brustwarzen schneppern. Sie flüstert mir etwas zu, das ich nicht verstehe, hebt ihr Becken und spreizt ihre Schenkel weiter, so dass jetzt ihr Poloch sichtbar wird, über das der wedelnde Fischschwanz wischt. Mit einem angeleckten Finger streichelt sie ihre Rosette, riecht lächelnd daran und verreibt den Geruch auf ihren Brüsten und ihren Oberarmen, die sie ableckt, küsst und in die sie zärtlich hineinbeißt. Sie will, dass ich an ihren Titten rieche. Der dunkle erregende Honiggeruch macht mich wild: Ich lutsche an ihren Brustwarzen, beiße hinein, halte sie mit den Zähnen fest und der spuckeverdünnte Duft ihres Polochs begleitet mich, dieses schwere, leicht stinkende Aroma. Währenddessen führt sie unten meine Finger zur Quelle dieses Dufts, sie nimmt meinen Zeigefinger, und lässt ihn über ihren Anusring fahren. Der weitet sich und als ich den Widerstand ihres Polochs überwinde, mit dem Finger durch ihren engen Wulst in sie hineingleite, flattern ihre Augenlider. Ich spüre, wie ihr Schließmuskel mich heftig umklammert, wie sich der Ring zuzieht

und lockert, und der Fisch schlägt dabei gegen
mein Handgelenk. Sie stülpt ihren Mund über meinen dicken Schwanz, nimmt die Eichel in den
Mund, beißt in den pulsierenden Schaft. Jetzt
nimmt sie meinen Hodensack in ihren Mund, be-
fühlt die großen Kugeln, klemmt sie zwischen ihren
aufgeschwollenen Lippen ein. Gleichzeitig rutscht
sie auf meinem Finger herum, quetscht ihn mit ihrem Aftermuskel, möchte sehen, wie er hinein- und
hinausgleitet. Wieder stöhnt sie etwas, schnauft,
dreht sich dann auf dem Boden um, streckt mir die
Wölbung ihres Pos entgegen, stößt den im Todes-
kampf zuckenden Fisch gegen das Stuhlbein und
treibt ihn so immer weiter in sich hinein. Ich ziehe
meinen Finger aus ihrem Arsch und halte ihn ihr
vors Gesicht. Sie beschnüffelt ihn und wird ganz
wild vor Lust, schleckt ihn ab, beißt darauf herum.
Die großen Backen ihres Hinterns liegen vor mir,
ich stecke meine Nase dazwischen und beginne, ihr
das Arschloch zu lecken. Ein Zittern läuft durch ihren Körper, vom Becken über die Taille, in die bebenden Brüste bis zu den schmalen Schultern, ihr
überwältigend duftender Anus zieht sich um meine
Zunge zusammen, der Fisch wird in ihrer pumpenden Vagina gequetscht, milchiger Saft läuft an den
Innenseiten ihrer Oberschenkel hinab in ihre Kniekehlen, sie ruft etwas über die Schulter, und ich
bringe meinen dicken Kolben über ihrer dunklen
Dammwand zwischen den Pobacken in Position.
Die pralle Eichel steht ab und passt nicht hinein.
Sie greift sich zwischen die Beine, wo ihr der Lust-
saft am Fisch vorbei herausquillt, dann mit
schleimglänzender Hand über ihren Po nach hinten
und schmiert meinen pochenden Schwanz mit dem
fischig duftenden Gelee ein, besonders die Eichel,

die wie eine glänzend violette Aubergine auf dem Schaft sitzt. Ich spucke auf ihren süß stinkenden Arsch, in dem ihr kleines Loch ungeduldig wartet, und beginne, meinen Schwanz hineinzubohren. Ich greife nach ihren beschmierten Brüsten, dann packe ich sie an der Taille und stoße sie, bei jedem Stoß stöhnt und erschauert sie. Mein Schwanz steckt jetzt so tief in ihr, dass ich aufstehen könnte und sie würde aufgespießt vor mir hängen. Sie tropft, und ich kratze über ihre Pobacken, klatsche auf die glatten Kugeln. Ich fühle meinen vollgefüllten Sack zwischen den Schenkeln, aus allen Ecken meines Körpers saugt er Sperma, er wird praller und praller, mein Saft staut sich unter der Wurzel an meinem Damm, und mein Arsch und alle meine Muskeln möchten diese Unmengen von Sahne aus der Tülle quetschen, dem winzigen Loch zwischen meinen Eichelbacken, die fest und tief in diesem Arsch vor mir stecken. Sie keucht, es gelingt ihr, sich zu drehen, der Fischschwanz ist nun zwischen uns, patscht schwach unter meinem Bauchnabel, sie leckt mich mit ihrer starken, hellen Zunge ab, ihr Mund riecht nach meinem Schwanz und ihrem Arschhonig. Wir küssen uns, schlürfen uns gegenseitig unsere Spucke aus den weichen, weitoffenen Mündern, wir beißen in Lippen und Zunge des anderen, ihre Knie liegen jetzt über meinen Schultern, sie schluchzt im Takt, in dem ich ihren Arsch bearbeite, die Stöße nehmen ihr den Atem, und ich fühle, wie sie krampfartig immer wieder kommt, wie es sie packt und schüttelt, während ihr Körper in meinen Armen von meinen Stößen erzittert. Sie krallt sich in meine Brustwarzen, ihr nasser Mund, ihr feuchtes Gesicht ist wie ein Saugnapf überall, sie beißt mich in die Oberarme, und ich höre ihre

Lustschreie immer lauter und höher werden. Sie reitet auf meiner Stange, ihre Pohälften knallen auf mein Becken, wieder und wieder, und während ich zwischen ihre engen Wände in sie hineinstoße, versucht ihr zuckender Anusring meinen dicken Schwanz abzukneifen. Sie wird zum Saugapparat, mein ganzer Körper wird hart wie ein Strohhalm, den ihre Lippen umschließen, zwicken, quetschen, die Lippen ihres Mundes, zwischen denen sie Schluchzer ausstößt vor Lust, die Lippen ihrer Muschi, zwischen denen der Fisch steckt, dessen Flossenschlag sie verrückt macht und den sie töten werden, nur um zu einem noch höheren Gipfel zu gelangen, die Lippen ihres Polochs. Alles an ihr möchte meine kochende Lava endlich haben, fühlen, riechen, schmecken, möchte meinen Arsch zucken spüren, sie will die Wucht der Entladung genießen, und ich werde zu einem Tier, einem fickenden Hengst, einem bumsenden Nashornbullen, der sie unermüdlich stößt, und sie fühlt all das und erschauert wieder und sie öffnet alle Schleusen, heiß sprüht ihr Urin aus dem aufgerichteten kleinen Harnröhrchen, und als mir der heiße Urin ins Gesicht sprüht, als ich sehe, wie sie sich gehen lässt, steigt das brodelnde Sperma in mir wie aufkochende Milch bis an den Rand, und das Gefühl des ersten Schwalls, der über den Rand schwappt, setzt das druckvolle Pumpen in Gang, und die erste schwere Ladung, die aus dem engen Loch meiner von ihrem Arsch gequetschten Eichel schießt, lässt sie wieder krampfen, und ihr vor Lust fast verzweifeltes Gesicht, ihre flatternden Augenlider, ihr offener schluchzender Mund, in den ihr einige feuchte Haarsträhnen hängen, ihr keuchender Körper, ihr Geruch lassen meinen Schwanz nun völlig explodieren, und ein Schuss schweren Spermas jagt durch meine Rute, spritzt tief in ihren Po hinein, es hört nicht auf, immer weiter füllen sie dicke sämige Schwälle, alles aus mir heraus und in sie hinein.

Schlaff sinken wir zu Boden, sie auf mir, ich stecke noch in ihr, und fast schlaftrunken zieht sie den toten Fisch aus sich heraus, schneidet ein Stück von ihm ab, steckt es sich halb in den Mund, nuckelt daran. Mit schläfriger Neugier sieht sie zu, wie ich langsam meinen Schwanz aus ihrem Poloch herausziehe. Und während sie traumverloren mit meinem schweren, schmutzigen, hin und wieder noch zuckenden und spuckenden Schwanz spielt, und den Saft, der ihr aus ihrer geschwollenen, wie eine Feige aufklaffenden Scheide rinnt, vermischt mit meinem Samen, der ihr langsam aus dem After fließt, als Soße auf das Fischstück schmiert, sehen wir, dass der Koch im Türrahmen steht und in den Knien einknickend in heftigen Schüben gegen einen Reiswarmhaltetopf und einen Stapel Teller spritzt. Danach legt er sich zu uns und gemeinsam lauschen wir dem einsetzenden Regen.

Im Kostüm

Eine Party. Ich steckte an der Stelle eines Krankgewordenen mit einer Frau in einem Ponykostüm und bildete das Hinterteil. Wir hatten - ebenso wie ein Bär, Affe und Pinguin - die Aufgabe, uns unter die Gäste zu mischen. Es war dunkel und stickig unter Leder, Fell und dickem Tuch, die das Geplauder um uns dämpften. Die Frau ging vor mir, ich gebückt hinter ihr, sie um die Taille fassend. Durch ein paar Löcher im Stoff fiel etwas Licht herein, und ich konnte undeutlich die Form ihres Pos erkennen, der etwas tiefer vor mir wackelte. Ich konnte mir nicht helfen: Der Anblick ihrer Pobacken, die sich abwechselnd in einem kleinen Halbkreis bewegten und leicht in ihrem tiefsten Punkt erzitterten, ließ meinen Schwanz anschwellen. Seidig schimmerte die gerundete Strumpfhose auf, die bei jedem Schritt ein leises hohes Ritschen zwischen den Schenkeln von sich gab, als versuche jemand vergeblich, hinter der schützenden Hand ein Streichholz anzureiben. Ich missachtete etwas die abgestimmte Schrittlänge und beugte mich mit weit geöffneten Nüstern tiefer hinab zu den großen Halbkugeln. Ein Duft von Honig und Moschus stieg herauf, fuhr elektrisierend durch meinen ganzen Körper und machte meinen Schwanz noch härter. Meine Hände rutschten auf ihre an- und abschwellenden, bebenden Pobacken hinunter. Sie blieb sofort stehen. Ich dachte, dass sie nach mir schlagen oder sich aus dem Pferdekostüm hinauswinden würde, aber stattdessen legte sie ihre Hände auf meine und ging einfach weiter. Und mehr noch: Im Gehen streifte sie ihre Strumpfhose bis zu den

Kniekehlen hinunter, so dass nun ihr nackter Po unter mir vor mir her irrlichterte. Ich weiß nicht, wohin sie unseren Pferdekörper lotste, - während sie darauf achten musste, Kellnern mit sektflötenbeladenen Tabletts auszuweichen, hielt ich es nicht mehr aus und fasste ich in ihren Pelz, ertastete die glitschigen Schamlippen und spielte mit ihrem Kitzler. Jetzt nestelte sie den Reißverschluss meiner Hose auf und mein herausschnellender Kolben schlug im Gehen gegen ihre Pobacken. Ihre cremige Scheide sog an meinem Mittelfinger, den ich hineingesteckt hatte. Sie hatte uns wohl in einen ruhigeren Raum geführt, ich hörte nur leise Stimmen und etwas, das wie das Knistern eines Kaminfeuers klang, während mein Finger leise glitschend in ihr ein- und ausfuhren. Der Geruch ihrer Muschi und der meines Schwanzes, den sie mit Spucke eingerieben hatte, füllte unsere Höhle. Ich hoffte, dass er nicht nach außen drang. Wir waren stehengeblieben, sie wichste meinen Schwanz und spielte mit den Eiern, als plötzlich ihre nasse Muschi meinen Finger quetschte und zugleich ihre Knie einknickten. Ich hielt sie wie am Haken, ihr Fleisch bebte, aber während es noch zuckte, steuerte sie mich, meinen Schwanz wie die Pinne eines Boots benutzend, rückwärts in einen Sessel. Das Gelächter von draußen - ein Pferd, das sich setzte! - nahm ich kaum wahr, zu sehr genoss ich es, zu fühlen, wie mein Penis sich in ihre nasse Scheide bohrte. Während sie sich aufspießte, biss sie, wie ich glaube, in einen Lederriemen vor ihrem Mund, um ihr Stöhnen zu dämpfen, das nicht nach außen dringen durfte. Nun saßen wir da, - ich tief in ihr -, konnten uns aber keine starken Bewegungen, schon gar kein Auf und Ab, erlauben. Ich befühlte ihren

Körper, knetete ihre Brüste, - ihr Brustkorb hob und senkte sich vom heftigen Atmen -, spielte mit den aufgerichteten Brustwarzen und hatte kaum ein paarmal kreiselnd ihren Kitzler liebkost, als sie ihr Gesäß auf mir zu bewegen begann. Während ich sie hart an der Taille packte und festhielt, weil wir nicht auffallen durften, spürte ich auf meinen Lenden, wie sich ihre Pobacken anspannten. Und dann begann ihre Scheide meinen Schwanz zu melken und schien damit überhaupt nicht mehr aufhören zu wollen. Meine Partnerin wurde von einem Orgasmus nach dem anderen geschüttelt und konnte ihr Stöhnen nicht mehr unterdrücken. Ihre saftende Möse molk meinen immer weiter anschwellenden Schwanz. Es ging nicht mehr. Wir wurden zu auffällig. Ich stemmte mich aus dem Sessel, und das Gefühl, dass sie auf mir steckte wie auf einem Spieß, mit dem ich sie nun hochhob, entlockte ihr ein Stöhnen. Um unser Kostüm herum herrschte nun auffällige Stille, - die Gespräche am Kaminfeuer waren schlagartig verstummt -, während meine Partnerin wieder Boden unter den Füßen fand und ich meinen von ihrem Saft glänzenden Schwanz aus ihr herauszog. Mit weichen Knien führte sie mich, der ich mit wippendem Penis folgte, zu einer Treppe, bei deren Ersteigung wir jeden Versuch aufgaben, unsere Pferderolle zu erfüllen. Ich biss in ihre Pobacken und leckte ihr das Poloch. Stolpernd zog sie mich mit in einen Raum. Wir zerrissen unser Kostüm, zerwühltes und verschwitztes Haar umgab ihr Gesicht. Mit vor Erregung zitternder Hand schloss sie die Badezimmertür ab, und wir fielen auf dem Haufen von Leder, Fell und Tuch endlich übereinander her. Aber unser Keuchen war zu laut, von den rosafarbenen Kacheln schien es sogar verstärkt zurückzuhallen. Weiterbumsend bewegten wir uns Richtung der marmornen Badewanne. Dort zog ich meinen Mittelfinger aus dem Arsch meiner Partnerin und drehte Wasserhahn und Dusche an, um unser stoßweises Atmen zu übertönen. Sie schnüffelte an dem braunen Finger, ließ mich niederknien, beugte sich über mich, beleckte meinen Penis, setzte sich dann mit gespreizten Beinen auf den Kostüm-Pferdekopf, spießte sich langsam bis zur Wurzel auf meinem Schwanz auf und hieb mir ihre Fersen in die Hinterbacken. Mein Schwanz bäumte sich noch steiler in ihr auf, wir bissen in unsere Zungen, und ich spürte, wie sich alles Sperma, das ich in mir hatte, aufstaute, als es an der Tür klopfte. Jemand rief ihren Namen, während wir weitervögelten, und sagte, ihr Mann sei für sie am Telefon. Schwer atmend löste sie sich aus meiner Umarmung, ging zur Tür und ließ sich das Handy hindurchreichen. Während sie mit ihrem Mann sprach, ging sie auf meinen pulsierenden Schwanz zu, hob ein Bein und pfählte sich - nur mühsam ein Stöhnen ins Telefon vermeidend. Gleichzeitig lutschte sie ihren Finger ab, so dass er mit Spucke eingeseimt war, und begann, damit an meinem Poloch herumzuspielen. Dadurch dass wir zwischen zwei Spiegelwänden standen, konnte ich ihr lustverzerrtes Gesicht, an das sie seitlich das Handy presste, von vorne sehen. Ab und an blieb ihr nichts anderes übrig, als mir in die Schulter zu beißen, um sich vor ihrem Mann nicht durch ein Stöhnen zu verraten. Ich sah, wie sie versuchte, das Gespräch kurz zu halten, indem sie nur einsilbig antwortete, gleichzeitig schlug sie ihre Fingernägel wie Krallen in meinen pumpenden Arsch und drehte sich etwas, so dass sie sehen konnte, wie mein dicker Schwanz in sie hineinfuhr, von ihrem Saft triefend herausgezogen wurde, nur um sofort wieder in sie hineingestoßen zu werden. Sie warf den Kopf in den Nacken zurück, und ihr Mund, den sie vorhin noch über meinen Schwanz gestülpt hatte, erzählte ihrem Mann etwas von Kopfschmerzen. Gleichzeitig bot sie mir ihre Brüste dar, ließ sich ablecken, saugen und auf ihren Brustwarzen herumbeißen. Es gelang ihr, während ihre Scheide meinen Schwanz molk, ihr Keuchen am Telefon zu vertuschen, indem sie vortäuschte, sie habe sich verschluckt. Während ich sie weiterfickte, verabschiedete sie sich in gelangweiltem Ton von ihrem Mann und fingerte dabei schon ungeduldig auf der Konsole hinter mir herum. Plötzlich hatte sie Vaseline auf ihrem Finger und rieb sich damit ihren Arsch ein, in den sie jetzt gefickt werden wollte. Sie stieg von mir ab, strich nun mit dem Telefon an meinem Schwanz entlang, bis es voll von ihrem Saft war, schob es sich in ihre Möse, wandte mir ihren Arsch zu und bückte sich. Ihre dunkle Rosette glänzte einladend und ich fing mit dem fast aussichtslosen Unternehmen an, meinen Penis in sie hineinzustecken. Bei jedem Stoß stöhnte sie in ein Handtuch, gleichzeitig masturbierte sie mit dem Handy. Ich brauchte mehr Vaseline und zog meinen Schwanz aus ihrem Arsch. Ein schwerer Duft nach Pferdeäpfeln, Honig und Spucke stieg von ihm auf. Ich schmierte ihn ein, packte meine Partnerin an der Taille und drang von hinten langsam in sie ein, zwängte meinen Schwanz tiefer und tiefer in ihren Arsch, bis mich ihre Pobacken zu beiden Seiten umgaben. Dann begann ich sie zu bumsen wie ein Tier. Mir schien es, als werde selbst mein Gehirn zu Sperma, das sich in meinem Sack sammelte, so dass er anschwoll wie das Gehänge eines Hengstes, Sperma, das darauf wartete aus meinem Schwanz zu spritzen. Immer noch wuchs meine Eichel, tief im zuckenden Arsch meiner Partnerin, die außer Atem stöhnte und deren Brüste wild wippten. Nun fühlte ich das Pumpen beginnen, aus der Kehle meiner Partnerin kamen nur noch kleine Schreie, der Damm brach, mein Bauch, meine Lenden, besonders aber meine dafür zuständigen Beckenbodenmuskeln schleuderten Sperma empor, das meinen Schwanz tief in der Schwärze ihres Arsches durch das Loch in der Eichel explodieren ließ. Während mein Samen den vor Lustschauern pulsierenden Po in Schüben füllte und überschwemmte, klingelte in ihrer sich orgasmisch zusammenziehenden Möse das Telefon. Sie ging nicht ran. Auch später, als sie an meinem immer noch harten, nach ihrem Arsch duftenden Schwanz lutschte und dabei mit ihrem Arsch auf meinem Gesicht saß, ging sie nicht an das von ihrem Saft glänzende, fiepende Telefon.

Später krochen wir wieder in das Kostüm, ich legte mein Gesicht auf ihre Arschbacken, die Nase in ihrer Poritze, und schlichen uns aus der Villa hinaus in den Garten. Im Park fanden wir einen Pavillon, in dem wir weiterfickten und schließlich ins Kostüm gekuschelt einschliefen.

Tee à trois

Wie die Spur einer Schlittschuhkufe zog sich ein Kondensstreifen über den Winterhimmel und leuchtete hellweiß, von der schon tiefstehenden Sonne angestrahlt. Anka genoss es, die frostige Luft tief einzuatmen und in ihrem Gesicht zu fühlen. Sie zog ihre Lederjacke enger um sich und schlängelte sich auf ihren hochhackigen Schuhen durch die Menschenmenge. Bei jedem ihrer hüftschwingenden Schritte spürte sie, welche Kraft in ihr war, wie ihr Po erzitterte und die Gesäßmuskeln im Takt abwechselnd anschwollen. Der Kunstfellbesatz ihrer Jacke strich ihr über den Hals und kitzelte ihr Kinn. Plötzlich gab ihr eine noch junge Frau, die sie ein paarmal als Lehrerin gehabt hatte, zwei Küsschen auf die kalten Wangen. Von ihrer beider Atemdampf eingehüllt, starrte Anka auf den großen Mund, die schönen krapprosa bemalten Lippen der hochgewachsenen Brünette. Gabi schlug vor, in ein Buchgeschäft zu gehen, um sich ein wenig aufzuwärmen. Neugierig folgte Anka der fast fremden Frau auf eine Galerie, wo diese einen Fotoband mit erotischer Kunst aufschlug, den sie sich gemeinsam ansahen. Eine Aufnahmenreihe zeigte, wie ein Schwall blauer Farbe sich durch die Luft Stück für Stück einer nackt daliegenden Frau näherte und sie schließlich unter sich bedeckte. Gabi fragte, ob sie Lust habe, mit ihr in ein Café zu gehen, und Anka nickte, während sie auf das Foto eines Afrikaners im Business-Anzug sah, genauer auf dessen dicken Schwanz, der einfach so aus dem Hosenschlitz hing. Der Anblick löste ein wohliges Prickeln in ihren anschwellenden Schamlippen aus, und sie spürte, wie sie feucht wurde.

Die Kälte auf der Straße tat Anka gut, sie spürte sie nach ihren Brüsten greifen, und die Pulloverwolle rieb über ihre Brustwarzen, die noch härter geworden waren. Sie warf noch einen Blick auf den inzwischen perlmuttglänzenden Himmel, dann drängten sich beide Frauen aber auch schon durch zwei große Plastikschürzen, die hinter den Türen eines Cafés hingen, um die Frostluft fernzuhalten. Ein großer elektrischer Heizofen wärmte den Eingangsbereich, beide gingen an dem klobigen Ständer vorbei, in dessen Innerem sie die orange glühenden Heizspiralen sahen. Sie setzten sich ans Fenster, die warme, nach Kaffeedampf duftende Luft hatte sofort einen rosafarbenen Hauch auf ihre Gesichter gezaubert, und Anka drückte ihre heiße Wange gegen die kalte Scheibe. Sie schlürften heiße Schokolade, deren in den Bechern aufsteigender, aromatischer Dampf ihre Nüstern umspielte und zeigten sich - Anka wusste nicht mehr, wer von ihnen die Idee gehabt hatte - wie kleine Mädchen hin und wieder ihre vom Kakao braun verfärbten Zungen. Dabei merkte Anka plötzlich, dass sie Lust hatte, mit ihrer Zunge Gabis Zunge zu berühren und konnte dem Impuls nur mühsam widerstehen, so sehr fühlte sie sich zu dieser Frau hingezogen. Vielleicht war es nur die überraschende Wärme, die Gabi ausstrahlte, oder war es ihre Schönheit, waren es die großen dunklen glänzenden Augen, die wunderbaren mahagonifarbenen Haare, war es ihr wunderschöner Körper, der Anka so anzog? Anka lehnte sich noch weiter zu ihr hin und genoss einfach ihre Gesellschaft. Sie alberten herum, und

Gabi erzählte, dass Anka ihr schon in der Schule aufgefallen sei und dachte sich dann lustige und bizarre Geschichten über den hübschen Kellner aus. Irgendwann hielt Anka es nicht mehr aus, beugte sich zu ihr und gab ihr einen Kuss auf die Wange. Dabei merkte sie, dass Gabi duftete, nicht nach Parfüm, sie duftete einfach so. In ihrem Geruch entdeckte Anka Spuren von der Winterluft draußen mit dem Rauch der Kohleöfen, aber auch Kokos, und ein Duft, wie der, der einem an den Fingern haftete, wenn man eine Mandarine geschält hatte, aber auch einen Hauch Honig. Als sie sich auf das knarzende Ledersofa zurücksinken ließ, war sie erregt und schlug ihre Beine übereinander, um zu fühlen, wie ihr Slip an ihrer Vulva spannte.

Draußen war es dunkel geworden, und ein eisiger Wind wehte ihnen ins Gesicht. Gabi schob ihren Arm unter Ankas Jacke, legte ihn um ihre Taille und klemmte ihre Hand in die entferntere der hinteren Hosentaschen. Anka spürte die Hand auf ihrer wippenden Pobacke. Funkelnde Weihnachtssterne hingen über den Straßen und schaukelten im Wind, und in den kahlen Bäumen leuchteten Lichterketten: In einem Strom warmer Luft, die aus einem Kaufhauseingang blies, stand ein Weihnachtsmann, und Anka stellte sich vor, wie sie inmitten der um sie herumflutenden Menge der Passanten zu ihm in seinen weiten, roten Mantel schlüpfte. Während sie durch eine Siedlung gingen, bemerkte Anka, dass einige einander gegenüberliegende Wohnungen scheinbar in einem Konkurrenzkampf um die schönste Weihnachtsbeleuchtung lagen: Leuchtete in der einen Wohnung ein Rentiergespann mit Santa Claus, strahlte der

Balkon der anderen wie eine Flugzeuglandebahn. Als sie in eine dunklere Wohngegend kamen, konnten sie der immer stärker werdenden Anziehung zwischen ihnen nicht mehr widerstehen, umarmten sich und begannen sich zu küssen. Gabis Zunge schmeckte wie bittere Schokolade, fand Anka, und schnell wurden ihre Küsse so wild, dass sie um den Mund herum die Spucke der anderen in der Kälte fühlten und einen Oberschenkel zwischen die Beine der anderen drängten und ihren Schritt rieben. Eng umschlungen gingen sie weiter, Anka merkte, dass der Saft ihrer Scheide die Jeans durchfeuchtet hatte. Mit schwachen Knien stiegen sie schließlich in einem kalten Treppenhaus bis in den dritten Stock.

Die Wohnung war warm, in einem engen Flur mit vielen Büchern zogen sie ihre Jacken aus und gingen in die Küche. Dort stand ein kräftiger Mann am Herd und goss Milch in einen Topf. Gabis Liebhaber stellte sich als Claude vor, legte Anka seine Pranken auf den Rücken und gab ihr drei Küsschen. Er hatte braune Haare, Grübchen in den Backen und blaue Augen. Außerdem viele lockige Brusthaare, wie Anka sehen konnte, weil das T-Shirt, das seinen muskulösen Oberkörper umspannte, einen weiten Halsausschnitt hatte. Die beiden Frauen setzten sich nebeneinander auf eine Küchenbank und sahen Claude zu, wie er Tee auf indische Art brühte. Jetzt ließ er ein paar Zimtstangen und eine Handvoll Korianderkapseln in den Topf fallen, dann ließ er Anka an einem Klumpen Haschisch riechen und sah sie fragend an. Sie nickte, er zerrieb einen Brocken zwischen den Fingern und fügte es dem Gebräu hinzu. Der Tee schmeckte köstlich. Sie redeten einige Zeit über Weihnachtspläne, aber eigentlich hätte Anka Gabi gern wieder so wie vor dem Haus geküsst. weiter geküsst.

Irgendwann - Anka hatte das Zeitgefühl verloren – durchrieselte mit einem Mal ein wunderbares Gefühl ihren Körper, sie spürte sich selbst bis in die kleinste Faser, fühlte wie ihre Pomuskeln auf das Holz der Küchenbank unter ihr drückten und ihre Haut gierte nach Berührung. Ihnen war warm geworden und sie halfen sich gegenseitig aus ihren Klamotten. Gabi streifte Ankas Pullover über ihren Kopf und schaute auf Ankas Brüste. Dann schlüpfte sie aus ihrer Hose, unter der sie eine halbdurchsichtige schwarze Strumpfhose trug. Als Anka sah, dass Gabi im Schritt einen feuchten Fleck hatte, konnte sie sich nicht mehr zurückhalten, beugte sich über ihren Schoß und erschnüffelte einen Moschusduft. Gabi legte ihr eine Hand in den Nacken und kraulte ihre Haare. Dann küssten sie sich vor Claude, dessen Hose sich vorne deutlich ausbeulte, wie Anka aus den Augenwinkeln sah.

Claude saß jetzt neben seiner Freundin und küsste ihren Hals und Nacken, während Gabi Anka küsste. Gabis Zunge konnte gar nicht tief genug in ihrem Mund und nicht nass genug sein, Ankas trockener Mund saugte Gabis Spucke auf wie ein Schwamm. Dabei entdeckte sie immer neue Geschmäcker, mal schmeckte Gabis Zunge wie ein leckeres Steak, dann nach Vanille, und alle Eindrücke steigerten ihre Erregung. Jetzt zog ihr Gabi die Jeans herunter, und Anka steckte, ohne zu zögern, wie traumwandelnd, Claude ihre Zunge in den Mund. Wieder eine Geschmacksexplosion: Claude schmeckte nach Bitterorange, und seine Zunge fühlte sich an wie ein Apfelsinenschnitz, den sich Anka an den Gaumen drückte, um ihn auszupressen. Jetzt war ihr plötzlich so, als stehe sie an der Spüle und sehe sich und den anderen zu, wie sie alle drei ineinander verknäult auf der Küchenbank saßen, sie sah die drei eng umschlungen ins Schlafzimmer wanken, ging sich selbst hinterher und sah, wie sie sich auf dem großen Bett gegenseitig nackt auszogen und lächelnd ihr Geschlecht zeigten. Sie und Gabi saßen mit gespreizten Beinen voreinander, und Claudes Schwanz stand dick fast bis hoch zu seinem Bauchnabel. Das alles hier musste die Wirkung des Tees sein - noch nie hatte sie so etwas gemacht, dachte sie kurz. Während ihr Blick ohne Scham von Claudes dicken Hodensäcken ins dicht gekräuselte Schamhaar wanderte und dann den mächtigen Schaft, um den sich bläuliche Adern ringelten, entlang bis zur glänzenden Eichel hinaufglitt, die wie bei einem Pilz darauf saß, stieg ihr der Duft der eigenen Scheide in die Nase, - ein erregender Geruch, wie sie feststellte, gerade auch weil eine leicht fischige Note darin lag. Sie ließ sich seitlich auf den Ellbogen sinken und kam so in angenehme Nähe zu Claudes Glied, das im Pulsschlag wippte und von dem ein süßlich schwerer, wilder Duft ausging. Gabi spielte mit Ankas Brüsten, befeuchtete die harten himbeergroßen Warzen und krabbelte dann, ihren hübschen Hintern mit der schwarz behaarten Vulva so einladend schwenkend, dass Anka ihr in eine Pobacke biss, zum Nachttisch. Dort holte sie einen Topf Vaseline und einen Doppeldildo heraus. Anka war egal, was die anderen von ihr dachten, sie hielt es nicht mehr aus, ihr Körper schien unter Strom zu stehen, sie legte sich auf den Rücken, nahm ihren Kitzler zwischen Daumen und Zeigefinger und ließ die anderen Finger in ihrer Scheide hin- und hergleiten. Als Gabi das sah, gab sie Claude mit vor Erregung rauer Stimme einen Befehl auf Französisch, der zog Ankas Hand aus ihrem Schlitz, schleckte sie wie ein Hund ab und begann dann, seinen Schwanz in sie hineinzubohren. Anka schaute auf seine sich wölbenden Brustmuskeln, die dicken Bizepswülste und sein Teddybärengesicht, während sie aufstöhnte und das Gefühl genoss, aufgespießt zu werden. Indem sie ihre weit gespreizten Beine anwinkelte und ihre Fersen in seine harten Arschbacken hieb, half sie ihm, sein Glied in ihre Scheide zu rammen. Als er anfing, sie heftig zu bumsen, schob sie ihren Kopf zwischen Gabis Beine, hielt sich an deren Pobacken fest und begann, die über ihr Kniende zu lecken. Dabei berührte ihre Nase Gabis braunen Anus und erschnupperte dessen schweres Honigaroma. Bienenhonig stammte ja auch aus dem Arsch der Bienen, dachte sie. Anka hörte, wie Gabi Claude etwas sagte. Der zog seinen Schwanz aus ihrer Scheide, packte Anka an der Taille, drehte sie um, leckte an ihrem Poloch, beschmierte es mit Vaseline und fing an, es von hinten in Angriff zu nehmen. Anka fühlte, wie sein Glied dort langsam in sie eindrang, während sie in Gabis Mund hineinstöhnte. Jetzt hob Claude sie an, bis sie auf ihm saß, und zog sie dann mit großer Kraft noch tiefer auf seinen in ihrem Arsch steckenden Schwanz, Gabi, die sich vor sie gehockt hatte, nahm Ankas Zunge zwischen ihre Zähne, spielte gleichzeitig mit Ankas Kitzler und steckte die anderen Finger in ihre triefende Muschi. Jetzt sah Anka erst, dass das lange, gekrümmte zweite Ende des doppelköpfigen Dildos aus Gabis Scheide ragte. Anka spreizte die Schamlippen und half Gabi, das künstliche Glied in sich hineinzubohren. Während Claude sie wie eine Maschine von hinten fickte, rubbelten sie sich ihre Klits und rutschten auf den eingesafteten Dildos hin und her. Anka griff nach Gabis Pobacken und knetete sie, Gabi leckte reitend Ankas Brüste und knabberte an den Brustwarzen. Anka steckte ihr einen Finger ins Poloch und wusste, dass sie selbst der Orgasmus bald wie eine Welle überschwemmen würde. Sie musste nur noch so weiterreiten, das war ein gutes Gefühl, und sie ließ sich völlig gehen. Sie zog den Finger aus Gabis Anus, er duftete wie Pferdeäpfel, und schleckte ihn ab. Auch Gabi lutschte jetzt daran, und wieder küssten sie sich wild. Claude stieß Anka immer heftiger von hinten, fing nun an zu stöhnen, und dann fühlte Anka erschauernd, wie sein Glied das Sperma in rhythmischen Stößen tief in ihren Arsch spritzte. Während Claude sich in Anka entlud, warf Gabi stöhnend ihren Kopf in den Nacken, und Anka spürte, während sie der kommenden Gabi in die Zunge biss, wie sich die Welle in ihr selbst staute, wie der Damm in ihr bebte und brach und wie sich ihre Scheide so fest um das künstliche Glied zusammenzog, als wolle sie es abquetschen, um dann abwechselnd zu entspannen und zu krampfen, so als versuche sie, den Penis wie eine in ihr steckende, harte Riesenzitze zu melken ...

Keuchend lagen sie danach eine Minute da und liebkosten sich geistesabwesend gegenseitig. Claude zog grunzend seinen Schwanz aus Ankas Po, er war etwas braun und immer noch riesig. Anka nahm ihn traumverloren in die Hand, spuckte

darauf und rieb ihn ab. Aus der prallen Eichel trat
ein Tropfen Sperma. Dann schnüffelte Anka an dem
Glied und kam sich dabei vor wie eine Hündin, was
sie wieder erregte. Der Geruch des Glieds schien ihr
unwiderstehlich, und sie nahm es in den Mund.
Während sie mit dem Schwanz im Mund über
Claude kniete, züngelte Gabi an ihrem Poloch, aus
dem Claudes Sperma quoll. Jetzt drehte Anka sich
so, dass Claude sie lecken konnte, während sie an
seinem Glied lutschte. Gleichzeitig besprang Gabi
sie mit dem Dildo von hinten, führte ihn in Ankas
samenüberfluteten Arsch ein, bumste sie, biss sie
in den Nacken und hielt sie auf diese Weise fest, so
wie Tiere das machten. Anka merkte verwundert,
dass sie ihren Körper und alle Sinne kontrollieren
und steuern konnte wie niemals zuvor. Mit ihrer
Scheide klemmte sie jetzt Claudes Zunge ein, dann
stülpte sie die inneren Schamlippen vor und ließ
sämigen Saft auf sein Gesicht rinnen. Sofort fühlte
sie seinen Schwanz in ihrem Mund noch dicker
werden, er dehnte ihre Lippen, die über den Schaft
gleich unter seiner Eichel glitten. Sie hatte auch die
Macht, den Duft nach Arschhonig und Spucke um-
zuwandeln in schwülen Dschungel- oder Jasmin-
duft oder in den Geruch von Pferdeschweiß oder
Rosenöl oder Käse. Jetzt nahm sie Claudes Hoden
in den Mund, fuhr mit den Lippen an dem geschwollenen Strang zum Anus hinunter und beleckte sein Poloch, das nach Trüffel duftete. Während es sich um ihre Zunge zusammenzog, spürte
Anka, wie Claudes Schwanz noch steifer wurde. Sie
bog den Rücken durch, klemmte sich das feucht
glänzende Ungetüm zwischen ihre Brüste und rieb
es, gleichzeitig ließ sie ihre Scheide ganz auf Claudes Gesicht sinken: Sein Unterleib bäumte sich auf,

stieß nach oben, der Schwanz ragte bis zu Ankes geöffnetem Mund auf, begann zu zucken und spritzte plötzlich einen ersten Schwall Sperma in ihr Gesicht, pumpte weiter und schleuderte nun in dicken Schwällen dickflüssigen Samen auf Ankas Lippen. Sie kostete, fand, er schmecke wie Champignoncreme und schluckte ihn. Während sie dann ihren Mund über seine Eichel stülpte und Claudes weiter pumpenden Schwanz leersaugte, fühlte sie, wie es ihr langsam kam. Ihre Scheide walkte Claudes Zunge, Nase und Kinn durch und hörte nicht auf, bis Anka halb ohnmächtig mit dem Gesicht zwischen Claudes Beine sank. Gabi, die durch Ankas Kontraktionen auf ihrem Dildoende herumgewippt und Lustschreie ausstoßend gekommen war, zog den Doppeldildo heraus, legte sich neben Anka und steckte dem erschöpften Claude, was ihm zu gefallen schien, eines der verschmierten Enden langsam in den Arsch. Sofort begann sein halbsteifes Glied wieder anzuschwellen, träge spielte er damit, Anka aber sah fasziniert auf eine Tätowierung auf seinem Arm. Die Bewegungen seiner Muskeln ließ eine nackte Frau tanzen ...

Anka wachte auf und hatte die niedlichen Zehen Gabis direkt vor der Nase. Sie räkelte sich und stand auf. „Mannomann", murmelte sie, „sowas kann man aber auch nicht jede Nacht machen." Gabi lag quer über dem ebenfalls schlafenden Claude. Ihr Gesicht wirkte wie das eines Engels, dachte Anka und musste über Claudes Teddybärengesicht mit den Grübchen lächeln. Auf dem Weg zum Badezimmer sammelte sie ihre Sachen auf und zog sich an. Sie quetschte Zahnpasta aus einer

Tube und putzte sich mit den Fingern die Zähne, sah sich im Spiegel an und fand sich frisch und irgendwie noch sexier als sonst.

Auf der Straße - gerade ging die Sonne auf - schüttelte Anka sich in der Kälte, atmete tief die frostigklare Luft ein und ging munter los.

Rod's

Der Anruf hatte Emma aus den erotischen Träume-
reien gerissen, denen sie sich am Nachmittag auf
dem Sofa gern überließ. Jack war weggefahren. Sie
sah ihn kaum noch. Diesmal war sie über die Ein-
fachheit ihrer Fantasie verwundert: Ein Schlosser -
muskulös, behaart, verschwitzt - hatte ihr die Kleider vom Leib gerissen, sie auf den Tisch gelegt und
geleckt. Während sie sich auf ihrem Sofa vorgestellt
hatte, wie sie bumsten, hatte sie sich gerieben. Sie
war gerade explosiv gekommen, als das Telefon ge-
klingelt hatte. Mit ihrer feuchten Hand hatte sie danach gegriffen: Jill, ihre beste Freundin, wartete
draußen im Wagen auf sie, um ihr etwas Unglaub-
liches zu zeigen.

„Du riechst so sexy", sagte Jill, eine atemberau-
bende Brünette, als Emma ins Auto stieg. „Hast du
wieder an dir rumgespielt? Dein Jack bringt es eben
auch nicht mehr." Emma wurde rot, obwohl sie Jills
direkte Art kannte. „Genau wie mein Dick", fuhr Jill
fort. „Und ich weiß jetzt, warum."

Sie fuhren zu einer Bar in Redmond.

‚Rod's' war ein großer Bau im Lodge-Stil; viel Glas,
dicke Holzbalken usw. In der halbdunklen Lounge
saßen seltsamerweise fast nur Frauen. Es schien
sich um eine Art Erotic-Bar für Frauen zu handeln,

denn gut gebaute Männer mit nacktem Oberkörper brachten die Drinks.

Emma beschloss erst einmal so zu tun, als sei das alles normal. Jill nahm einen großen Schluck von ihrem Cocktail. „Dick hat mir schon wieder einen Tripper angehängt. Also hab ich ihm ein bisschen hinterhergeschnüffelt. Das ist das Ergebnis."

Emma sah sie fragend an.

„Und stell dir vor, auch dein Jack ist hier Kunde."

„Was?" Emma verschluckte sich beinah an ihrem Daiquiri. „Aber was machen die beiden denn hier? Hier sitzen doch nur Frauen rum?"

„Eben", meinte Jill trocken und erklärte ihr, wie der Laden funktionierte: „Wir Frauen tüdeln uns hier einen an und gehen ins Hinterzimmer. Da gibt's dann Schwänze satt. Wie genau, weiß ich allerdings auch noch nicht." Sie sah sich um. „Vielleicht kam der Tripper von einer dieser Schlampen hier. Lass uns auch mal Schlampen sein."

Emma blickte mit schon leicht benebeltem Blick auf die Kellner. Vertrug sie so wenig? dachte sie, denn jetzt trugen die Bediensteten Tangas, und als Emma ihre gewölbten Pobacken auf Augenhöhe vorbeischweben sah und die vorne prall gefüllten Slips wahrnahm, merkte sie, dass sie saftete. Und zwar so stark, dass von ihrem Schoß ihr typischer Moschusmuschi-Geruch, vermischt mit einem Hauch Anchovi, aufstieg.

Jill kräuselte ihr Näschen und lächelte Emma an. „Du weißt, dass ich deinen Sardellen-Geschmack mag", flüsterte sie, nahm einen Cracker, strich damit Emmas Schenkel hinauf, rieb ihn unter dem Kleid an Emmas feuchtem Slip, zog ihn wieder hervor, schnüffelte daran und steckte ihn sich dann in den Mund.

Emma erinnerte sich an einen Nachmittag vor nicht allzu langer Zeit, an dem sie sich bei Jill am Swimmingpool geleckt hatten. - Vielleicht weil sie nichts Besseres zu tun hatten, - vielleicht auch nicht. Es war schön gewesen.

„Ich brauch jetzt Schwanz", knurrte Jill und zog Emma mit sich fort in Richtung Hintertür. Dort ließ sie ein Muskelmann ein.

Sie betraten einen mit flauschigem Teppich ausgelegten Raum, der von vielen verspiegelten, dicken Säulen gestützt war. Emma sah sich um und merkte erstaunt, dass aus jeder Säule in Kniehöhe ein Schwanz ragte. „Die dazugehörigen Männer stehen wohl einen halben Meter tiefer, denk ich mir, ist bequemer so", sagte Jill und nahm nach kurzer Suche, enthemmt durch den Alkohol, einen etwas schlaffen, aber großen Schwanz in die Hand. „Der kommt mir bekannt vor, das ist der von Dick", flüsterte sie. „Den werd ich mal entschärfen." Sie begann an dem Schwanz herumzuspielen, zog die Vorhaut zurück. Der Schwanz wuchs, stand dick da und bebte im Pulsschlag. Jill spuckte jetzt in ihre Hand und begann ihn kräftig zu wichsen. Man hörte ein Stöhnen in der Säule. „Er sieht ja nicht, wer ihn da melkt", sagte sie nebenhin zu Emma. „Sonst hätte er nicht so viel Spaß dran. – Siehst du, jetzt hofft er, dass ihn eine saftige Muschi reitet. –

Denkste." Geübt brachte sie ihn zum ‚Point of no return', ließ den Schwanz los, - eine dumpfe Stimme protestierte in der Säule - und sah dann mitleidslos zu, wie aus der dicken Eichel Sperma in die Luft spritzte und auf den Teppich fiel. „Das hattest du dir anders vorgestellt, Dick", murmelte Jill, während der Schwanz, schnell klein und schlaff geworden, grummelnd in die Säule gezogen wurde.

Sie gingen einfach weiter. Wie unterschiedlich die Schwänze doch aussahen. Emma war sich aber nicht sicher, ob sie Jacks Schwanz unter all den Schwänzen erkannt hätte, die da aus den Löchern ragten: Da war ein dünner, langer mit kleiner Eichel, dort ein kurzer, aber sehr dicker. Einer wartete ganz klein und verschrumpelt. Sie blieb bei einem stehen, der einen irgendwie erregenden Geruch ausströmte. Leicht berührte sie den halbharten Schwanz mit der Handfläche und erschrak, denn er wuchs sofort, hob seinen rotblauen Kopf, der Stamm wurde mächtig, die Adern traten hervor, und der Schwanz wippte im Pulsschlag. Aus dem Augenwinkel sah sie, dass Jill sich auf einen Riesenschwanz pfropfte, der sie sofort zu stoßen begann. Jetzt erst wurde ihr klar, dass sie auf die Knie gesunken war und den Schwanz vor ihr blies. Er roch unwiderstehlich nach Sex, ihrer Spucke und war groß und schwer in ihrem Mund. Sie spielte mit ihm, biss hinein, ließ ihn aus ihrem Mund schnellen und sah ihn sich noch einmal an: Von ihrer Spucke glänzend, prall und gebogen stand er weit aus der Säule und wartete pulsend. Wie in Trance zog sie sich den Slip auf die Knie, sank auf alle Viere, nahm das Ungetüm und führte es von hinten an ihre Muschi. Obwohl sie so nass war, glitt der

Schwanz nur schwer in sie hinein, erst als sie sich ihm völlig auslieferte, klappte es. Schon nach ein paar Stößen, während der sie ihren Kitzler rieb, fühlte sie, dass es ihr kam. Stöhnend ließ sie sich auf den Teppich fallen und genoss ihren Orgasmus, fühlte dass der harte Schwanz, der sie fickte, nicht spritzte. Als sie wieder zu sich kam, krabbelte sie über ihre Schulter schauend auf ihren Knien etwas nach vorn und sah dann den von ihrem Saft glänzenden Schwanz, der in ihr gesteckt hatte, hinter ihrem Po in die Luft schneppern. Sie drehte sich um und leckte das Riesending ab. Jetzt wollte sie ihn in ihrem Po haben. Sie befeuchtete ihr Poloch mit Spucke, dann spießte sie sich langsam auf. Der Penis sprengte ihren Arsch und war so stark, dass er sie in die Luft hob. Etwas hilflos hing sie auf ihm. Es gab nur einen Weg, um herunterzukommen: Sie musste ihn zum Spritzen bringen, der Schwanz musste spritzen und schlaff werden. Emma stemmte sich mit den Fersen an der Säule so ab, dass sie die Stöße des Schwanzes unterstützte. Währenddessen sah sie ihre Freundin von Schwanz zu Schwanz gehen. Jill lutschte und wichste jeden kurz und heftig. Offensichtlich wollte sie eine Art Spritzsymphonie aufführen, so dass möglichst viele Schwänze gleichzeitig spritzten. Emma hörte den Mann hinter ihr in der Säule jetzt keuchen, sie schaute hinter sich und sah in der verspiegelten Oberfläche, wie der Schwanz in ihrem Arsch steckte. Sie sah, wie ihre Rosette bei jedem Stoß erst hineingedrückt wurde und wie sich dann ihre Haut dehnte, wenn der Schwanz wieder zurückfuhr. Während sie das Schauspiel des jetzt auch nach ihrem Arschhonig duftenden Kolbens betrachtete, fühlte sie, wie der Schwanz zu pumpen begann, - sie ritt jetzt auf einem buckelnden Mustang, steckte auf dem dicken Sattelknauf -, und wie die erste Ladung Sperma tief in sie hineingeschossen wurde. Sie hörte sich stöhnen, griff sich an die Klit und kam: Ihre Muschi zog sich immer wieder stark und schnell zusammen wie eine Qualle und dabei molk ihr Arsch den Schwanz, aus dem das Sperma in dicken Wellen in sie hineinschoss. Es dauerte noch ein bisschen, bevor der Schwanz etwas biegsamer wurde. Jetzt konnte sie erschöpft absteigen und sah, wie der dicke Schwanz aus ihr hinausglitt. Mit noch zuckender Muschi, aus der ihr der Saft lief, näherte Emma sich dem etwas braunen, verlockenden Schwanz und schnüffelte wie eine Hündin an ihm. Während sie ihn sauber leckte, sah sie, wie etliche Schwänze gleichzeitig wippend weit in den Raum hineinspritzten. Jill brachte zufrieden ihre Kleider in Ordnung und zog Emma von ihrem Ungetüm weg. „Lass dich nicht so gehen. – Ich will mir die Schwanzfortsätze ansehen."

Draußen hatte sich eine murrende Schlange von Männern gebildet, die alle gleichzeitig nach Hause gehen wollten. Der Barmanager beschwerte sich bei Jill über den versauten Flocati-Teppich.

„Lassen Sie ihn hart werden – dann können Sie ihn ins Museum hängen", erwiderte Jill nur.

Die Reihe der Männer ging, vom Personal flankiert, an ihnen vorbei. Emma erkannte Jills intime Gerüche, die von den zum Teil vorne ausgebeulten Männerhosen aufstiegen: Banane von ihrer Muschi, Honig von ihrer Spucke, Pferd von ihrem Po.

„Ich mag Schwanz", sagte Jill, die Männer betrachtend, „den Rest kann man aber vergessen."

Jetzt kamen Jack und Dick mit hängenden Köpfen vorbei. Sie sahen ihre Frauen nicht, und Jill und Emma beließen es dabei. Emma war überrascht, wie egal es ihr war. Vielleicht hatte sie Jack nie geliebt. In diesem Moment erkannte sie ihren Mustang am Geruch, sah sich den Mann dazu an und verabschiedete sich schnell von Jill.

Draußen legte sie ihre Hand auf seinen Po und ging mit ihm zu seinem Pick-up.

Auf dem Weg nach San Diego, wo sie sich ans Meer legen wollten, fickten sie dreimal.

Am Strand

Ich schirmte meine Augen mit dem Buch gegen den Himmel ab, gegen das wunderbare, aber schwer zu ertragende Blau, das ich am Sonnenschirm vorbei, der in der Meeresbrise flappte, über mir sah. Die etwas angegilbten, fleckigen Seiten des Romans, den ich erst am Tag zuvor auf einem Flohmarkt gekauft hatte, strömten einen holzigen Geruch aus. Ich las eine Szene am Anfang, in der ein armes junges Mädchen, das in einem Bordell gelandet ist, von einer älteren Prostituierten aufgeklärt wird, indem beide durch einen Türspalt ein Paar beim Sex beobachten und die Ältere gleichzeitig in ihrem 'Öfchen', wie es die Jüngere nennt, ein Feuer entfacht. Während ich las, merkte ich, wie meine Schamlippen anschwollen, dass ich feucht wurde in meinem meerfeuchten einteiligen Badeanzug und wie sehr ich mich nach einem Schwanz in mir sehnte. Ich schaute unter dem Buch, dass ich wie ein Dach über mein Gesicht hielt, zu einem gutaussehenden Mann hin, muskulös, gebräunt, einem Mann, der in den letzten Tagen in Begleitung seiner Frau am Strand gelegen hatte und nun einfach, ohne Sonnenschirm - den brauchte er nicht - im Sand lag. Ich beobachtete ihn schon seit Tagen, sein kraftstrotzender Po und seine vorne stark gewölbte Badehose waren zu auffallend. Besonders angetan hatte es mir, dass er im Halbschlaf mit seiner Hand den Hintern seiner Frau gestreichelt hatte, einen eher kleinen, dafür aber besonders runden, knackigen Hintern, das musste ich zugeben, mit den Fingern zwischen die Pobacken gegriffen, dort gerieben hatte und dann sogar unauffällig an seinen Fingern geschnuppert hatte, woraufhin seine Badehosenfront so stark ausbeulte, dass er sich auf seine Schwellung hatte legen müssen. Jetzt war seine Frau wohl schon nach Hause gefahren, und er gönnte sich noch ein, zwei Tage - vielleicht für ein kleines Abenteuer, so schätzte ich ihn ein. Im Roman musste gerade eine zarte Hure dem von ihr gewählten Freier, einer Art jungfräulichem Simpel helfen, seinen Riesenphallus in ihr kleines Löchlein zu stecken. Waren das Spermaflecken auf den Romanseiten? Ich hielt meine Erregtheit kaum noch aus, fürchtete mein Badeanzug sei durchgesaftet und man könne meine Muschi riechen. Kurz darauf bemerkte ich, dass der Mann zu mir hinsah, und ich winkelte meine Beine so an, dass er genau auf meine zwar bedeckte, aber deutlich angeschwollene Vulva und die steifen Brustwarzen blicken konnte. Er gab mir ein Zeichen, indem er sich mit seiner Zunge über die Lippen fuhr, und ich griff mit erregt zittriger Hand nach meinem Kreuzworträtsel-Kugelschreiber, schrieb 'toilet 5 minutes' auf den Seitenrand, riss die Stelle heraus und knüllte sie zusammen. Dann stand ich auf, sah kurz auf meinen von Börsenkursen träumenden, langweiligen Ehemann hinunter und ging los. Als ich an dem Mann vorüberstapfte, nicht ohne meinen Po zu schwenken, ließ ich das Papierchen vor ihn fallen. Ich sah aus dem Augenwinkel, wie er es in die Hand nahm und ging weiter In Richtung Strandbar die Düne hinauf.

Von dort oben hatte man einen schönen Blick auf den Strand, das blaue Meer und die weißen Bänder der Brandung, aber das alles interessierte mich jetzt nicht, im Moment brauchte ich nur eins,

Schwanz, viel Schwanz. Ich ließ die Bar links liegen und ging an einer tropfenden Dusche vorbei. Mir war heiß und ich dachte daran, wie es wäre, im Schauer der kühlen, gegen den blauen Himmel glitzernden Tropfen mein Gesicht zu entspannen. Ich hatte in diesem Urlaub festgestellt, dass das erfrischendste Mittel gegen die Hitze war, den kühlen Duschstrahl auf meinen Anus zu richten, im Hotel hätte ich das jetzt gemacht, mir dann den Finger hineingesteckt und ... Jetzt hatte ich die kleine Plastikhütte, die Toilette, die direkt am Rand der Klippe stand, erreicht und schloss mich darin ein. Es war halbdunkel und warm, der Meereswind rauschte gedämpft um die Wände herum, es roch nach Sand, den wilden Kräutern, die hier wuchsen, Kokosnussöl und, ja doch, auch nach Urin. Ich spürte, wie mein Herz schlug. Ein leises Klopfen an der Tür. Ich öffnete, er war es, drängte sich herein und schloss die Tür hinter sich. Ich umfing seinen Körper sofort mit den Armen, fuhr mit den Händen in seine enge Badehose und zog sie hinunter. Sein enormer Schwanz stand wippend vor mir, so nah, dass ich seinen wild süßen Geruch bemerkte. Er zog mir meinen Badeanzug mit einem Ruck bis auf die Knie hinunter, kniete sich vor mich und leckte an meiner triefenden Feige, deren Duft sofort den Raum füllte. Dann packte er mich an den Hüften und spießte mich langsam auf. Ich biss ihm in die Schulter, um nicht zu schreien. Keuchend begannen wir im Sitzen zu ficken, irgendwann setzte ich mich auf sein Gesicht und ließ mir das Poloch lecken. Ich genoss es, diesen Mann zu reiten, ihn im Griff zu haben, ein wildes, aber williges Tier, dessen nach meinem Muschi-Saft riechenden Schwanz ich im Mund hatte und reizte. Jetzt wand er sich aber unter mir hervor, drückte meinen Oberkörper nach unten und packte mich von hinten an den Hüften. Er spielte mit seinem Schwanz an meiner triefenden Muschi, bohrte ihn dann tief in mich hinein und begann mich heftig von hinten zu stoßen. Dabei rieb er meinen Kitzler. Ich stöhnte und biss mir in den Arm, um nicht zu laut zu werden, während es mir kam und ich spürte, wie meine Muschi seinen spritzenden, immer weiter pulsierenden Schwanz rhythmisch einklemmte, wieder und wieder ...

Außer Atem lagen wir danach in der nach Sex riechenden Toilette, ich schmeckte meinen eigenen Anchovi-Saft auf den Lippen und sah, wie helles Sperma aus meinem Schlitz erst in meinen zerzausten schwarzen Busch und dann in den Sand quoll. Wir begannen uns zu küssen, doch in diesem Augenblick rüttelte jemand an der Tür. Wahrscheinlich hatte er vorher schon an der Tür geklopft und wir hatten es nicht gehört. Es war klar, dass wir nicht aufmachen konnten. Mit immer noch steifem Schwanz sprang er, dessen Name ich immer noch nicht kannte, auf, packte mich seitlich, nahm zwei Schritte Anlauf und rammte eine Wand des Häuschens. Die ganze Konstruktion wurde umgerissen, auf den Kopf gewirbelt und fiel – mit uns - eng umschlungen darin – über die Klippe. Während wir fielen, ich hielt mich an seinem Schwanz fest, gelang es ihm irgendwie, uns aus der Plastikhütte zu manövrieren. Wir fielen schneller und prallten – er schützte mich – auf der harten, welligen Wasseroberfläche auf, tauchten unter, aber das nahm ich schon nicht mehr ganz wahr ...

Als ich kurz danach aufwachte, lag ich auf dem Sandstrand. Ich streckte mich, spürte meine geprellte Schulter, mein verstauchtes Bein, aber auch etwas sehr Angenehmes, das sich als die Zunge meines Retters in meinem Mund herausstellte. Wir küssten uns gierig. Von oben waren wir hier unten nicht zu sehen. Viel Zeit blieb uns aber nicht. Ich ging auf die Knie und hob ihm meinen Po entgegen, er packte meine Backen, spreizte sie und begann mich zu lecken, allein die Vorstellung, dass seine Zunge jetzt in meinem Poloch steckte, ließ mich fast kommen. Dann half ich ihm, sein großes hartes Glied in meinen zwar glitschigen, aber doch kleinen Anus hineinzuschieben. Gleichzeitig mit seiner Hand meine nasse Muschi und die Klit reibend, fickte er mich nun von hinten. Als er begann in meinen Arsch hineinzuspritzen, kam es mir. Saft tropfte aus mir heraus in den Sand.

Als ich wieder klar denken konnte, wuschen wir uns schnell, er hatte Schwierigkeiten meinen Arschhonig von seinem Schwanz zu bekommen und ich leckte ihn ab, mir gefiel der Geruch. Dann zeigte er mir, auf welchem Weg ich hoch zum Café kam.

Ich folgte einem Pfad und kletterte mit noch wackligen Knien durch würzig duftende Fettgewächse. Zwei besorgte Bademeister auf der Suche nach Toilettenbesuchern und -häuschen kamen mir entgegen, aber ich tat so, als wüsste ich von nichts. Oben angekommen, ging ich an die Theke der Strandbar, – ich war zu erschöpft und gut gefickt, um nervös zu sein -, und trank im fast verlassenen Café einen Cortado und schnorrte eine Zigarette. Draußen herrschte Aufregung – immerhin war die Toilette von den Klippen gefallen. Danach ging ich die vielen, fast vom Sand verschütteten Stufen hinunter zum Strand und legte mich faul neben meinen Ehemann. Während er mir eifrig erzählte, was ich schon wusste, spürte ich noch die Stöße des anderen in mir. Dann merkte ich, wie dessen Sperma langsam vorne und hinten aus mir quoll und meinen Badeanzug durchfeuchtete. Wohlig seufzend und mich nicht um verräterische Gerüche kümmernd – mein Mann hatte dafür keinen Sinn – schlummerte ich ein.

Neun Monate später wurde – sehr zu unserer Freude – unser Sohn geboren.

La Padrona

Meine Frau und ich waren aus unterschiedlichen Gründen nach Europa gereist: Sie, die wie ein Botticelli-Engel aussah, wollte auf den Spuren der italienischen Renaissance wandeln, - und ich hatte einfach New York sattgehabt. Außerdem hoffte ich, dass diese Reise unserem eintönigen Eheleben Feuer einhauchen würde. Nicht dass es je viel Schwung gehabt hätte: Vielleicht lag es daran, dass wir beide sehr unerfahren waren, als wir uns ineinander verliebten. Jedenfalls war es mir nie gelungen, Jennifer im Bett zu den ekstatischen Höhenflügen zu führen, die ich mir für sie, für uns beide vorgestellt hatte. Seit einigen Jahren schliefen wir kaum noch miteinander und dachten über eine Paartherapie nach.

Die Geschehnisse, von denen ich erzählen will, nahmen im Grunde gleich nach unserer Ankunft in Venedig ihren Anfang. Während wir uns in einer Gondel durch die Kanäle fahren ließen, sah ich zufällig, wie eine brünette Schönheit einen Fensterladen öffnete. Ich bemerkte dabei ihre dunklen, unrasierten Achselhöhlen und erinnerte mich an das letzte Mal, als ich und meine Frau miteinander geschlafen hatten. Merkwürdigerweise erinnerte ich mich nicht an den Akt selbst, sondern nur an die Minuten danach. Jennifer war nicht so schnell wie sonst ins Bad gegangen, spielte mit meinem erschlafften Schwanz und sah mich an. Und dieser Blick war es vor allem, der mir vor Augen stand, während ich gedankenverloren auf den Po des Gondoliere schaute, dieser Blick ihrer schönen grünen Augen, der mich beunruhigt hatte und immer noch in Unruhe versetzte, weil ich ihn nicht zu deuten wusste.

Vom Versuch, noch einmal darüber nachzudenken, hielt mich nun aber der Gondoliere ab, der anlegte und das Geld verlangte. Wir gingen in unser Hotel, erfuhren dort jedoch, dass die Buchung unseres Zimmers nie stattgefunden hatte und das Hotel voll belegt war. Nach einigem unerfreulichen Hin und Her zeigte der Mann am Empfang nur noch auf unsere Koffer, die in einer Ecke abgestellt worden waren, und wandte sich anderen Wartenden zu. Hilflos zogen wir unsere Trolleys in Richtung Ausgang, als sich eine Frau etwa Mitte vierzig an uns wandte. Sie hatte eine blond gefärbte Mähne und sprach in gebrochenem Englisch. Zwischen ihren etwas auseinander stehenden Schneidezähnen schoss manchmal ihre rosafarbene Zunge hervor. Sie könne uns eine Unterkunft in ihrem Haus anbieten, einem alten Palazzo in der Nähe, unweit der Seufzerbrücke. Der Preis, den sie auf unser zögerndes Nachfragen nannte, war so niedrig, dass er unseren Argwohn hervorrief. Diesen wusste la Signora Fiumidoca, als die sie sich vorstellte, sehr schnell zu besänftigen, indem sie anbot, uns die Zimmer sofort zu zeigen. Während wir ihr folgten, konnte ich nicht umhin, der Vorangehenden auf ihr hin- und herschwingendes Hinterteil zu schauen. Schuldbewusst blickte ich zu Jennifer hinüber: diese aber starrte gebannt ebendort hin.

Der pittoresk verfallene Palast war wundervoll, wir durchquerten einen von zwei kleinen Bäumen beschatteten Patio - "Granatäpfel", flüsterte Jennifer, "schau die Blüten." Jetzt erst fielen mir zwischen den grünen Blättern die kleinen tiefroten Kelchblüten auf - und stiegen eine Treppe zu zwei großen Zimmern hinauf, die, um die Mittagshitze auszuschließen, verdunkelt waren. Die Vermieterin, la padrona, öffnete die Fensterläden, - sofort strömte heiße, leicht nach fischigem Meerwasser riechende Luft herein -, zeigte uns den Blick auf den Lido mit smaragdgrünem „mare", auf das bräunliche Wasser unter uns im Kanal, den kleinen, mit Platanen bestandenen Platz auf der gegenüberliegenden Seite - und dann Schlaf- und Wohnzimmer. Beide waren in italienischem Stil eingerichtet. Schnell schloss sie die Läden wieder und führte uns auf die Terrasse, um das Geschäftliche zu besprechen. Nur zu gern willigten wir ein, die Zimmer für ein paar Tage zu beziehen. Kaum hatten wir unterschrieben, schien sich das Wesen der Gastgeberin leicht zu verändern. In einen saftenden Pfirsich beißend, sagte sie sich räkelnd, dass sie nun ausruhen müsse, und empfahl uns, das gleiche zu tun. Die Hitze sei zu groß und alle Geschäfte seien ohnehin bis fünf geschlossen.

Als sie kurz darauf unten durch den Innenhof ging, beobachteten wir sie von oben. Zu unserer Überraschung öffnete sie dort bereits ihre Bluse, und zwar derart ungeniert, dass wir ihren hauchdünnen BH sehen konnten, der sich über ihren Brüsten spannte, Brüste, die sehr große dunkle Höfe hatten mit Brustwarzen wie große Oliven. Doch damit nicht genug. Jetzt erst bemerkten wir, dass ihr Schlafzimmer dem unseren gegenüber, auf der anderen Seite des Innenhofs lag. Nur durch

Gazevorhänge von ihrem Blick abgeschirmt, schauten wir aus unserem dunklen Zimmer hinüber und sahen ihr beim Ausziehen zu. Ich ertappte mich dabei, dass ich auf ihren Po starrte, den sie nun vor dem Spiegel liebkoste. Wie erstarrten wir erst, als wir mit einem Mal undeutlich, aber doch unverkennbar eine Männerstimme wohl vom Bett her zu hören meinten, die etwas von ihr zu verlangen schien. Jedenfalls warf die Signora lachend ihren Pfirsich in Richtung des Bettes, wandte ihr Hinterteil der Person zu, beugte sich nach vorn und spreizte ihre Pobacken so, dass ihre glänzenden Schamlippen inmitten der dunklen Vulva zu sehen waren. Sogar ihr Anus war zu erkennen, er sah aus wie ein kleiner Vulkankrater. Jetzt fuhr sie sich mit den Fingern über ihre Schamlippen und begann, sich ihren Kitzler zu reiben. Wir sahen etwas Glänzendes an ihren Fingern, die sie aus ihrer Vagina zog. Etwas Saft lief an ihren Beinen herunter. Ein behaarter Arm streckte sich ins Bild und die Männerhand befingerte ihren Anus, steckte einen Finger hinein, so dass die Signora aufstöhnend ihren Po zu bewegen begann. Als der Mann seinen Finger wieder herauszog, drehte sie sich um und ging, sich mit ihrem Scheidensaft die Brüste einreibend, auf das Bett zu, von dem aus sich eine dunkle Form mit einem, wie ich zu sehen meinte, enormen Schwanz auf sie zu bewegte, dann aber wurden die Fensterläden zugemacht.

Etwas außer Atem sahen Jennifer und ich uns an: Die Wangen meiner Frau waren gerötet, ihre Lippen schienen angeschwollen, ihr Mund war leicht geöffnet. Sie sah sehr sexy aus. Vorsichtig küsste ich sie und war überrascht, als ihre Zunge in meinen

Mund schoss. Lange hatte ich ihren erregenden Spuckegeschmack, eine ganz eigene bittersüße Mischung, nicht mehr gekostet. Als ich sie aber an mich drückte und sie mein hartes Glied in der Hose spüren ließ, entwand sie sich meiner Umarmung, ging ins Badezimmer und schloss sich ein.

Einem Impuls folgend, ging ich zur Badezimmertür, beugte mich zum Schlüsselloch hinab und sah, dass sie sich auf das Bidet setzte. Dann sah ich, wie sie zwei Finger in ihre Scheide steckte, sie feucht wieder herauszog und daran schnupperte. Anschließend begann sie sich zu waschen. Ich dachte daran, meinen Schwanz herausschnellen zu lassen, einen Spuckefaden darauf herabzulassen und zu masturbieren. Aber in diesem Moment kam Jennifer wieder aus dem Bad heraus und sagte: "Lass uns doch erst einmal eine Latte trinken gehen."

Die ganze Zeit, während wir durch die feuchtheiße Stadt liefen, blieb mein Schwanz hart, weil ich immer das Bild Jennifer vor Augen hatte, wie sie mit gespreizten Beinen dasitzend an ihren Fingern gerochen hatte. Außerdem stellte ich mir jede Frau, die ich sah, nackt vor, ihre Brüste, ihre Scham, behaart und ungewaschen, leicht nach Sardellen riechend, ihren Po süßlich nach Honig und ihre Achseln nach Moschus duftend. Und auch sonst war alles mit Geschlecht aufgeladen: die kopulierenden Tauben, eine Hündin, die erst ihre Scheide an einem Pfosten rieb, dann von einem kleinen Rüden bestiegen und heftig mit langem dünnen Schwanz gestoßen wurde, die Dessous-Werbung an den Zeitungsständen mit Tangas, die die perfekten

Pobacken der Models zur Geltung brachten und deren Strings sicher ebenfalls dufteten ...

Als wir an einem Brunnen kurz von der Menge getrennt wurden, drängte mich eine Prostituierte mit überschminkten Aknenarben in einen Hinterhof, drückte mich dort an die Wand, griff nach dem Wulst zwischen meinen Beinen und begann, mich zu reiben. Sie knöpfte mir die Hose auf, - fast kam ich, da machte sie eine Pause und verlangte Geld. Schnell lief ich zurück und fand Jennifer am Brunnen. Sie schien zum Glück nichts von meiner Erregtheit zu merken und erzählte, im unbeschreiblichen Gedränge habe sich jemand von hinten an sie gepresst, ihren Po betastet und sie auch zwischen den Beinen angefasst. Als sie sich mühsam umgedreht habe, habe sie einen Mann seitlich weggehen gesehen, dem sein Penis aus der Hose ragte.

Im weiteren Verlauf des Nachmittags genoss ich es, Jennifer zuerst aufstehen zu lassen, um die Nähe ihres Geschlechts zu spüren, um ihren Venushügel zu sehen, der sich unter den engen Shorts wölbte, Po und Busen im Profil ...

Erschlafft, mit geschwollenen Füßen und Kaffeegeschmack im Mund kehrten wir recht spät in den Palazzo zurück. Dort empfing uns die Padrona mit kühlem Wein und Antipasti. Überrumpelt setzten wir uns auf die inzwischen im Schatten liegende Dachterrasse. Während uns, vielleicht auch nur mir, Bilder vom Nachmittag durch den Kopf gingen, Vorstellungen, wie diese Frau vor uns sich auf den großen Schwanz, den ich kurz gesehen hatte, gespießt und ihn geritten hatte, kosteten wir von den kleinen Tintenfischen in Weinessig, deren verworren erstarrten Ärmchen besonders Jennifer nicht widerstehen konnte. Die Gastgeberin, die ein federleichtes Gewand trug, war barfuß und forderte uns auf, ebenfalls unsere Schuhe auszuziehen. Und obwohl wir im Grunde hatten duschen wollen, blieben wir sitzen, saugten die uns angebotenen Muscheln aus den Schalen, fassten panierte kleine Fischchen am Schwanz und schoben sie uns gegenseitig in den Mund. Der Wein belebte uns, und die Padrona zeigte uns, wie man die Garnelen von ihrer Hülle befreite. Während sie einen Schwanz pellte, beugte sie sich vor, und ich sah, dass sie nur eine Art Bustier trug, der ihre Brüste so gegeneinanderdrückte, dass ein enger Spalt entstand. Als sie sich mit leicht gespreizten Beinen wieder auf ihren Stuhl zurücksinken ließ, stockte mir der Atem, denn ich hatte ihre schwarze Scham gesehen und meinte sogar, einen wildwürzigen Duft, der nur von dort kommen konnte, wahrzunehmen. Die Stimmung wurde immer ausgelassener, und plötzlich spürte ich, dass sich ihr Fuß unter dem Tisch tastend zwischen meine Beine schob. Dabei ließ sie sich nicht das Geringste anmerken. Ihre Zehen tasteten nach meinem Schwanz, mit der Sohle rieb sie über die Schwellung in meiner Hose. Wir alle waren schon angeheitert, sonst wäre das Folgende nicht zu erklären gewesen. Während ich unauffällig meine Hosenknöpfe aufspringen ließ, bat die Padrona gleichzeitig Jennifer darum, ihre Füße ansehen zu dürfen. Als Jennifer - sicher leicht betrunken - ihr einen ihrer Füße entgegenstreckte, begann die Italienerin ohne zu zögern sacht an den langen Zehen zu lecken. Jennifer - und das überraschte mich dann noch mehr - stieg zwar Röte ins Gesicht, sie zog ihren Fuß jedoch nicht zurück. "Das Beste für schmerzende Füße", sagte die Signora und gab gleichzeitig mit einem undurchschaubaren Lächeln meinen unerträglich harten Schwanz und Jennifers Fuß frei.

Indessen war ein kühler Wind aufgekommen, und die stark flackernde Kerze tragend, schwankten wir in unsere Zimmer. Welch Genuss war es auf die Laken zu sinken. Liegend zogen wir uns aus, ein erregender Geruch wehte herüber, als Jennifer - sich windend - ihren Slip hinunterstreifte, - sonst zog sie sich zum Schlafen nie nackt aus -, während mein dicker Schwanz, beim Ausziehen meiner Unterhose nach vorne gezogen, gegen meinen Bauch zurückschnellte. Ein verwegener Duft, etwas fischig, etwas süßlich, ging von ihm aus, ich näherte mich mit meinem pulsenden Kolben Jennifers Rücken und schob ihn zwischen ihre Beine, seine dicke Eichel strich über ihren cremigen Schlitz -, aber sie schlief schon. Kurz dachte ich daran, von hinten in sie einzudringen und ihre Scheide mit meinem Sperma zu überschwemmen, gab den Gedanken dann auf und suchte ihren Slip, um ihr Poaroma zu riechen, ein Duft, den ich nur selten hatte riechen dürfen, ein starker, wilder Geruch nach Kreuzkümmel und Fischsauce, der mich sofort zur Explosion gebracht hätte. Ich fand den Slip jedoch nicht und muss wohl eingeschlafen sein.

Ich träumte, ich läge mit der Prostituierten vom Nachmittag im Bett und sie lecke mich, spiele mit ihrer Zunge an meinen Hoden, lecke den Schaft, spiele mit ihren Lippen an meiner Eichel. Und auch ich leckte an ihrem Geschlecht, aber ihre Haare kitzelten mich um den Mund, und ich wachte auf. Es war nicht vollständig dunkel im Zimmer, so dass ich ausladende Hüften vor mir sehen konnte, mein Gesicht befand sich direkt vor einer schwarz behaarten, nach Sex duftenden Vulva. Das war nicht meine Frau. Es war unglaublich: Die Padrona lag neben mir im Bett - à la soixante neuf - und lutschte meinen Schwanz. Fast noch im Schlaf streckte ich die Zunge aus und leckte an ihren geschwollenen Schamlippen. Kaum nahm ich ihren Kitzler zwischen die Zähne, spreizte sie die Beine, ihre Vulva entfaltete sich, und ich drang mit meiner Zunge tief in ihre saftige Scheide ein. Dabei sah ich zu meiner Überraschung, dass gleichzeitig jemand anders ihr Poloch leckte. Allerdings hielt ich schockiert einen Moment lang inne, als ich über den Damm der Signora hinweg erkannte, dass es Jennifer war, deren Zunge den Anus der Italienerin liebkoste und nun die meinige berührte. Nie hätte ich sie für fähig gehalten, so etwas zu tun. Aber wir beide waren so erregt, dass wir mit Inbrunst weiterleckten und bemerkten, wie die Signora zum Orgasmus kam. "Avanti!", stöhnte sie, und während wir weiterleckten, berührte Jennifers Zunge meine Nase, die jetzt den vermengten Duft ihrer Spucke und des Pos der Italienerin einsaugte, was dazu führte, dass mein Schwanz, der im Mund der Padrona steckte, noch ein Stück wuchs, ihren Mund total ausfüllte, ihre Lippen auseinandertrieb. Nun ließ sie meinen Penis aus dem Mund gleiten, ging auf alle viere und streckte Jennifer erneut ihren Po entgegen. Diese steckte ihr wie traumverloren einen Finger in den Anus, zog ihn heraus und roch daran. Ich wiederum küsste Jennifers Mund, schmeckte das Padrona-Po-Aroma aus Honig,

Meeresfrüchten und einem Anflug von Parmesan und fühlte meinen spuckenassen Schwanz frei und zu voller Größe aufgepumpt pochen. Jetzt drehte sich die Padrona um und setzte sich auf mein Gesicht. Ich leckte ihr Poloch und drang mit meiner Zunge in sie ein, was sie so außer sich brachte, dass sie ein ums andere Mal kam, der Saft quoll nur so aus ihr heraus und rann über mein Gesicht. Ich spürte meinen Schwanz wachsen und wachsen. Plötzlich jedoch hob Jennifer die Italienerin am Gesäß weg und kniete sich über mein Gesicht. Sie war so erregt, wie ich sie noch nie erlebt hatte. Sie glühte, die Brustwarzen ihrer Brüste standen hart ab und zeigten steil nach oben, während sie sich mit ihrer saftenden Feige auf meine ausgestreckte Zunge sinken ließ. Ich genoss es, sie zu ,essen', ihr Saft lief mir aus dem Mund. Sie begann mich zu reiten. Dabei liebkoste sie ihren Po, steckte sich einen Finger hinein, zog ihn heraus und schmierte sich ihr Gesicht damit ein. Jetzt führte sie meinen hässlichen Riesenpilz - ich erschrak selbst über seinen Anblick - in ihr Poloch ein. Weil er zu dick war, drehte sie sich halb um, spuckte auf meinen Kolben mit dem aufgeblähten Kopf und den hervortretenden Adern, die sich um den Schaft ringelten, rieb ihn ein. Dann packte sie ihn hart und spießte sich stöhnend langsam auf. Die Italienerin legte eine Pause ein, Saft lief aus ihrer Vagina, und sie sah unserem Treiben zu. Wir waren wie von Sinnen: Alles was sich aufgestaut hatte, schien aus uns herauszubrechen. Ich leckte Jennifers Brüste und biss hinein, während ich sie in den Arsch stieß, bis sie vor Lust schrie, dann zog ich meinen Schwanz mühsam aus ihrem Poloch heraus. Da stand er im Dunkel, von Speichel, Muschisaft und Arschhonig bedeckt, endlich frei für Jennifer, die erst einmal daran schnupperte wie eine Hündin. Sie rieb ihren Kitzler, spreizte die saftenden Lippen ihrer Muschi, ließ sich langsam auf meinem Kolben nieder und ritt mich. Ich steckte ihr einen Finger tief ins Poloch, zog ihn heraus und hielt ihn ihr unter die Nase, was ihr Reit-Tempo beschleunigte. Sie keuchte, begann zu stöhnen, ich konnte mit ihr machen, was ich wollte: Ich zog meinen Schwanz heraus und begann sie zu lecken. Gleichzeitig fühlte ich die Zunge der Italienerin, die sich ein wenig erholt hatte, an meinem Poloch. Alles roch nach Schweiß, Muschi, Po … Nun drang ich in Jennifer ein und fing an, sie hart zu bumsen. Ihre Schenkel schlossen sich um mich, mit ihren Fersen bearbeitete sie meine Arschbacken. Ich sah an uns herunter, sah ihre Schamlippen, die sich um meinen Penis schlossen, ich sah ihren offenen keuchenden Mund, ich roch ihren Atem, ich roch ihre Möse, ihren Po, sie rieb sich ihre Klit und ich fickte immer weiter, angefeuert von ihren Lustschreien, die ich noch nie gehört hatte. Sie hielt mir ihr Becken hin, hob ihren Po im Rhythmus, und ich spürte am Zucken ihres Arsches, wenn sie wieder kam. Wir fielen vom Bett auf den Boden und fickten weiter, es war uns egal, und dann fühlte ich, wie sich mein Beckenboden zusammenzog, wie das Sperma aus den Hoden an die Schwanzwurzel gepumpt wurde, ich spürte, wie die Italienerin ihre Zunge in mein Poloch steckte und dann meine Eier, die beim Ficken gegen Jennifers Schenkel klatschten, mit ihren Lippen einzufangen versuchte. Und während ich jetzt anfing zu kommen, während mein Sperma hochgepumpt wurde und dann in starken Schwällen tief in Jennifers Muschi spritzte, begann sie wimmernd zu pinkeln. Immer weiter schleuderte mein zuckender Schwanz Samen in sie hinein, meine Hoden entleerten sich völlig. Erschöpft lagen wir schließlich aufeinander, tief steckte mein immer noch harter Schwanz in ihr, und wir beide fühlten die Nachbeben.

Als ich meinen Schwanz aus ihr herauszog, sahen wir im Mondlicht mein Sperma aus ihrer Muschi laufen. Jennifer blieb mit angewinkelten Beinen liegen und zeigte mir wie eine Pornodarstellerin ihre verschmierte Vulva. Jetzt wurde die Padrona wieder aktiv, robbte zu Jennifers dargebotenem Geschlecht, legte ihren Mund auf ihren geweiteten Schlitz, aus dem immer weiter mein weiß im Dunkeln leuchtendes Sperma quoll, saugte sie aus, schluckte das Samen-Saft-Gemisch jedoch nicht etwa, sondern küsste Jennifer auf den Mund und ließ es dabei hineinlaufen. Jennifer schluckte es. In den Mundwinkeln beider Frauen sah ich meine Ficksahne kleben, was meinen Schwanz sich sofort wieder aufrichten ließ. Mit einem bedauernden Blick auf meinen angeschwollenen cazzo und den gemurmelten Worten, sie sei kaputt, zog sich die Padrona zurück. Jennifers unschuldig aussehender, aber beschmutzter Körper, ihre Muschi, ihr Po erregten mich sofort wieder so, dass mein Schwanz extrem hart wurde. Jennifer begann, mich zu lutschen …

Ich weiß nicht, wieviel Samen mein Körper in dieser Nacht durch meine immer wieder steife Rute in alle ihre Körperöffnungen hineinspritzte, ich weiß nur, dass wir einschliefen, während einer des anderen Geschlecht im Mund hatte. Jennifer nuckelte an meinem schmutzigen Schwanz, ich hatte meine Zunge in ihrer Muschi.

Am nächsten Morgen wachte ich mit hartem Schwanz auf und sah meine neben mir auf dem Bauch liegende nackte Frau an. Spermaplacken waren auf ihrem Po zu sehen. Über meinen Bauch zogen sich eingetrocknete glänzende Spuren ihres Muschi-Schneckenschleims. Stöhnend tastete sie nun im Halbschlaf nach mir, und ich gab ihr meinen Schwanz in die Hand, den sie sich faul in den Mund schob und kurz lutschte. Dann aber schlief sie weiter.

Ich zwängte meinen spuckefeuchten erigierten Kolben in meine Hose und verließ den Palazzo. Über eine kleine Brücke ging ich zu dem morgendlich leeren, kleinen Platz, den wir von unseren Fenstern aus gesehen hatten. Der Duft der feuchten Platanen stieg mir in die Nase. Es hatte in der Nacht geregnet, und der Geruch war sehr stark. Während ich unter ihnen entlangging, spürte ich, dass dieser Duft meinen Schwanz anschwellen ließ und versuchte zu verstehen, warum. Etwas Süßes lag in dem Geruch, ein fremder Honigduft, ein fast menschlicher Geruch, etwas wie Spucke. Mein Schwanz war jetzt so hart, dass ich nicht weitergehen konnte. Von einer Bank aus sah ich zum offenen Fenster des Zimmers hinauf, in dem Jennifer im Bett lag. Ich dachte daran, was wir alles in der Nacht getan hatten und merkte, dass ein Geruch nach Sex von meinem Schoß aufstieg. Das war er, der Duft der Platanen. Er glich dem Geruch meines steifen Schwanzes, von dem ein Dunst nach

Jennifers Muschi, Pohonig und ihrer Spucke aufstieg. Oben am Fenster sah ich sie jetzt, meine Frau, die nackt in eine Feige biss, mich erblickte und dann im Halbdunkel des Zimmers - für niemanden sonst zu sehen - mit der Feige ihr Geschlecht rieb.

Von diesem Zeitpunkt bestand unser Europaurlaub nur noch aus Sex. Außerdem rochen, wie wir feststellten, viele der europäischen Länder nach Gülle und Dung, die dort gerade auf die Felder gebracht worden waren. Kein Wunder, dass wir lieber unsere Nasen in des anderen Körperöffnungen steckten.

Der Salon

Es roch nach Chilis, die in Fett brutzelten, Kreuzkümmel und dem Schweiß eines dürren Rikscha-
Mannes, der an mir vorüberhastete – ein Touristen-
paar ziehend. Ich war auf dem Weg zu einem
Freund, der mir mit seiner Computerspielerei eigentlich ziemlich auf die Nerven ging. Ich war 19
und eigentlich interessierten mich nur eins: Mädchen -, aber die wollten nichts von mir wissen, denn
ich hatte ziemlich viele Pickel und war sehr ver-
krampft – unter anderem. Hier in der Altstadt hingen überall Plakate, die an vielen Stellen die hässlich   dunkel   angelaufenen   Hausfassaden
verdeckten. Ich schaute mir ein altes Filmplakat an
und stellte mir vor, wie ich die vollen Lippen der
hübschen Tänzerin küsste, mit meiner Zunge die
Zähne in ihrem leicht geöffneten Mund entlangfuhr,
wie ich ihre von durchsichtiger Gaze bedeckten
Oberarme und den nackten Teil ihres weichen Bau-
ches anfasste. Ich stellte mir vor, was sich unter
ihrem Sari verbarg und merkte, dass mein Schwanz
dicker wurde. Natürlich hatte ich ein paar Pornos
im Internet gesehen, ich wusste im Prinzip alles,
aber ich hatte noch nie eine Frau geküsst. Das viel-
stöckige Haus, vor dem ich stand, hatte die typi-
schen schmiedeeisern verzierten Balkons. Kolonial-
stil, hatte ich in der Schule gelernt. Im Halbdunkel
sah ich Frauenunterwäsche hängen. Plötzlich
klatschten die ersten schweren Tropfen eines Mon-
sunregens auf den heißen Asphalt. Ich mochte diesen Geruch, der nun von der Straße aufstieg, und

die Tropfen kühlten mich etwas ab. Jetzt pladderte es richtig los und, bevor ich völlig durchnässt war, stellte ich mich im Hauseingang unter. Von dort sah ich durch das Gewirr der Stromkabel, die zwischen den Häusern über der Straße hingen, in den wolkenverhangenen Himmel.

Jemand stupste mich an der Schulter an und ich drehte mich um. Es war das hübscheste Mädchen, das ich je gesehen hatte. Sie sah aus wie die Tänzerin auf dem Plakat, lächelte mich an und sagte etwas zu mir, das ich wegen des lauten Regens nicht verstand. In ihren großen, schwarz umrandeten Augen spiegelten sich die schwarzen Stromleitungen. „Willst du?", fragte sie, und als ich zögerte und nachfragen wollte, zog sie mich sanft an meinem weißen Hemd ins Haus. Sie schloss eine Glastür hinter mir, durch die ich sah, dass das Wasser zum Teil knöcheltief auf der Straße stand und aus einem Gully quoll. Der Regen klang jetzt gedämpft, prasselte aber an ein kleines Fenster. „Ich heiße Lata", sagte sie, nahm ein Tuch und trocknete mir die Haare ab. Ihr Körper kam mir dabei sehr nahe, sie duftete nach etwas, das ich nicht kannte, und während sie sprach, traf mich ihr Atem, der ganz leicht nach grünem Kardamom roch. Sie sagte, sie biete mir an, mit ihr Liebe zu machen. Als ich das hörte, wurden mir die Knie schwach, und sie half mir, mich zu setzen. Dabei beugte sie sich über mich, so dass ihre Brüste unter dem Büstenhalter und ihr Bauch unter der paillettenbesetzten Bluse aus türkiser durchsichtiger Gaze ganz nah vor meinem Gesicht waren. Ich wandte den Blick ab und sah auf ihren

Bauchnabel, in dem ein kleiner Brillant glitzerte. Ihr nackter Bauch wölbte sich ganz leicht über den Rand ihres Bauchtänzerinnen-Rocks – fast hätte ich danach gegriffen. Wie erstaunt war ich, als sie meine Hand nahm und sie genau dort auf ihre kühle Haut legte. Eine Art Stromschlag durchzuckte mich, und mein Schwanz bäumte sich in meiner Hose auf wie eine gefangene Schlange. Lata merkte das wohl und fragte, wie alt ich sei. Sie wollte meinen Ausweis sehen und neckte mich mit dem hässlichen Foto. „Komm mit mir", sagte sie dann und ging vor mir her in ein weiteres Zimmer. Ich sah auf ihren Po, dessen Bewegungen winzige Glöckchen, die am Stoff befestigt waren, klingeln ließen. „Ich wasche dich", sagte sie und zog mich zu einem Waschbecken. Dort stellte sie sich vor mich, knöpfte meine Hose auf, als sei es das Selbstverständlichste, und zog den Reißverschluss hinunter. „Machst du es dir oft", fragte sie und ob ich es mir gestern Nacht gemacht habe. Ich schüttelte benommen den Kopf. Sie sah mich daraufhin prüfend an. „Dann hast du mehr Samen." Jetzt kniete sie sich vor mir hin und begann meine vom Regen feuchte Hose hinunterzuziehen. Ich stand in Socken da. Nun legte sie ihre Hände auf die Wölbung meiner Unterhose, fuhr mit ihren Fingern unter den Stoffrand und zog das verschwitzte Wäschestück langsam nach unten. Mein Schwanz, dick, krumm und hässlich, schnellte heraus, so dass er fast ihr Gesicht berührt hätte und sie zurückschrak vor dem wippenden blaurot geschwollenen Ding. Ich sah, wie sich ihre Nüstern blähten, und dachte, dass sie ihn rieche, den süßlich-schweren, etwas fischigen Muff. „Mmh", sagte sie, „ich mag diesen Geruch." Sie musste ein seltsames Mädchen sein, dachte ich, während sie den Schwanz in ihre Hand nahm. „Er ist schön", murmelte sie, während sie ihn untersuchte. Ich wunderte mich noch mehr. Wer konnte diese aus dem schwarzen Haar-Dschungel ragende Wurst, um die sich dicke Adern wanden, schön finden? Dazu noch die dicke Eichel, deren Kuppe mit dem Loch sich über den Rand der Vorhaut erhob. Jedenfalls schien sie mit der Inspektion zufrieden zu sein, führte mich näher zum Waschbecken, fasste mich wieder an und zog meine Vorhaut hinunter. „Uhh! Du bist ein Schweinchen", sagte sie mit einem Lächeln, dann wusch sie meinen Schwanz, der aussah wie ein großer Pilz mit glänzender praller Kappe. Das Wasser war kühl, „das beruhigt ihn ein bisschen", meinte sie, „du sollst doch nicht gleich spritzen; - nur in meine yoni". Dann seifte sie den 'Morchel', wie sie ihn nannte, ein, wusch ihn und trocknete ihn ab. Nun beschnupperte sie ihn, leckte den Schaft entlang und spielte mit ihm. Sie ließ ihn ihre Zähne spüren, biss ein bisschen, ließ etwas Spucke auf ihn laufen. Ich wusste nicht, was ich mit meinen Händen machen sollte. Durfte ich sie berühren? Ihre Haare anfassen. Ich tat es und sie stöhnte. Mein Schwanz erzitterte im Pulsschlag, die Adern traten immer weiter hervor, die Eichel stand ab wie eine aufgepfropfte Aubergine. Ich hielt es nicht mehr aus, und sie merkte es. „Noch nicht", flüsterte sie, stand auf und kühlte mein Ungetüm wieder ab, so dass es ein wenig schrumpfte. Dann näherte sie ihren Mund meinem Ohr und erklärte mir, dass sie leider nicht mit mir in einem Bett Liebe machen dürfe. Wir müssten das anders machen. Ich solle im nächsten Raum eine Wendeltreppe hochsteigen. Dort oben sei ein kleiner Raum, in dem ich mich schnell zurechtfinden werde.

Lata, die nur noch gesagt hatte, ich solle leise sein, ging, und wenige Sekunden später hörte ich die Tür zur Straße kurz aufgehen – das Geräusch des Regens drang laut herein – und gleich wieder zugehen. Ich schaute nach oben: Die kleine Kammer aus Holz hing wie ein Wespennest an der Decke. Dann stieg ich vorsichtig die enge, unter meinen Schritten leicht bebende Wendeltreppe hinauf. Während ich auf allen Vieren in die dunkle Kammer hineinkroch, fragte ich mich, was ich eigentlich hier machte. Sollte ich nicht wieder hinaus aus diesem seltsam nach Moschus und Patchouli riechenden Loch, durch die Zimmer, eins nach dem anderen, und hinaus auf die Straße, hinein in den Monsunregen laufen? Aber natürlich dachte ich an Lata, und mein *lund* war hart und wollte spritzen ...

Als sich meine Augen an die Dunkelheit gewöhnt hatten, sah ich etwas Helles, das über mir zu schweben schien. Ich richtete mich etwas auf: Unglaublich! Es war ein Frauenpo, der wie der Vollmond über mir hing, der große schöne Po einer Frau, die auf einem Rahmen saß, einer Art Toilettenbrille, und sich nicht bewegte. Ich näherte mich. War das Latas Po? Ich erkannte den Rand ihrer türkisen Bluse. Ich sah die zwei kräftigen runden Hälften und die dunkle Spalte dazwischen und näherte mich noch mehr. Da wackelte der Po plötzlich auffordernd, und eine Hand erschien, die sich zwischen den Beinen rieb. Dann spreizte sie ihre Muschi und liebkoste sie. Mein Schwanz stand steif und gekrümmt von mir ab, ein fremdes, großes Ding, das pochte. Über mir sah ich die dunklen, glänzenden Schamlippen und roch den dichten Duft ihrer Muschi nach zerstoßenem Kreuzkümmel, Curry und Muskatblüten. Ich schnupperte wie ein Hund an ihrem Geschlecht, als plötzlich Schleim in mein Gesicht tropfte. Jetzt konnte ich mich nicht mehr halten und begann ihre triefende *yoni* zu lecken, ein leichter Geschmack nach Anchovi kam hinzu und meine Nase stieß beim Lecken immer wieder in ihr Poloch, das nach Honig roch. Als ich zu laut schmatzte, tauchte die Hand wieder auf und spielte mit meiner Zunge. Latas Saft und meine Spucke durchnässten ihr Schamhaar, das sich dicht und schwarz - ein duftender Wald - über der flutschenden Perle ihres Kitzlers kräuselte … Dann kam sie, ihre Scheide zog sich um meine Zunge zusammen, ihr Poloch um meinen Zeigefinger, den ich ihr, angelutscht, hineingesteckt hatte, und ich meinte ein gedämpftes Stöhnen von oben zu hören. Während Lata noch pulste, wurde oben die Musik eingeschaltet. Ich musste mich zurückhalten, um nicht zu kommen, denn ich wartete auf ein Zeichen, was nun geschehen sollte, aber der Anblick des Pos, der tropfenden dunklen Spalte, der Geruch und die Bilder, die mir durch den Kopf schossen, - Bilder von Latas Kurven, ihrem Bauchnabel und ihren Händen auf meinem Schwanz, Lata an meinem Schwanz leckend - machten es mir schwer. Ich versuchte gerade mit geschlossenen Augen an etwas anderes zu denken, als Latas Hand herabtauchte und die Schamlippen ihrer Muschi spreizte. Das war das Zeichen. Ich richtete mich aus der Hocke auf, zog einen Schemel heran, setzte mich auf ihn, war ihr ganz nah und bohrte langsam meinen Schwanz in sie hinein. Sofort begann ihre Muschi ihn zu melken. Das hielt ich nicht aus und begann sie hart zu stoßen. Ihr Po bebte, doch als meine Stöße immer härter wurden und sie vom Rahmen hoben, kam ihre Hand herab und drückte meine Eier schmerzhaft zusammen. Offenbar wollte sie es lieber mit leichten Stößen haben, wollte selbst die Arbeit machen, geradezu nebenher und unauffällig. In der Kammer war es sehr heiß geworden, es roch nach Sex und der Schweiß lief an mir hinunter. Sie veränderte ihre Stellung, ich spürte ihre Pobacken auf meinen Lenden, und als sie mir dann tastend und langsam einen Finger in mein Poloch steckte, war es um mich geschehen. Pudding-Schwälle aus Sperma stiegen an, wurden von meinem Hodensack aus hochgepumpt. Jetzt schossen erste Spritzer tief in Latas Muschitunnel, dann schleuderte mein Schwanz schwere sämige Ladungen weit in ihren Körper hinein. Währenddessen hörte ich wieder Latas Stöhnen, das aber gleich darauf von der wieder lauter werdenden Musik übertönt wurde. Meine Zuckungen ebbten nur langsam ab. Noch eine und noch eine, so als müsste wirklich all mein Samen hinausgepresst werden. Die Hand gab mir ein Zeichen und ich zog meinen im Dunkel vom Muschisaft glänzenden Schwanz langsam heraus – das Schmatzen des Muschischleims war zu hören –, gleichzeitig mit der Musik, einem klassischen Raga. Nun hielt mir die Hand den Finger, der in meinem Poloch gesteckt hatte, unter die Nase und ich roch meinen eigenen schweren Duft nach Honig. Lata zeigte mir damit, dass ich an ihrem Po riechen sollte. Wie ein Hund näherte ich meine Nase und überprüfte ihr Löchlein. Kaum roch ich den Honigduft und mein *lavda* richtete sich sofort wieder auf. Ich wusste, was Lata wollte. Sie weitete ihr Poloch und beschmierte es mit Spucke, ich brachte meinen Schwanz in Position und ließ einen Spuckefaden darauf niedersinken. Während ich langsam in ihr enges Loch eindrang, fühlte ich wie ein Zittern über ihre Pobacken lief, ich hörte, dass sie sich rieb und wie sie aufschluchzte, dann aber wieder Musik. Mein Schwanz steckte erst halb in ihr drin, ich zog ihn raus und stieß ihn wieder hinein, da merkte ich, dass es ihr kam. Sie kniff mir mit ihrem Arschmuskel dabei fast den Schwanz ab, so heftig war es. Ich spürte ihren zerzausten Busch, ihren nassen Pelz auf meinen Oberschenkeln, während ich sie in den Po stieß. Schließlich kam auch ich und spritzte tief in sie hinein. Keuchend zog ich meinen immer noch harten, etwas stinkenden Schwanz aus ihr heraus. Ihre Hand spielte noch einmal zärtlich mit ihm und gab ihm einen Abschiedsklaps. Dann schob sie eine Decke unter ihren Po. Jetzt war es völlig dunkel.

Mit zitternden Knien und wippendem Schwanz kroch ich aus der Kammer und wankte die Wendeltreppe hinab. Niemand war im Zimmer. Der Wasserhahn tropfte. Schnell zog ich meine Hose an. Als ich die Tür zur Straße öffnete - der Regen hatte aufgehört und überall lief das Wasser glucksend ab -, kam mir Lata entgegen. Sie zupfte ihren Gazerock zurecht und ihre Wangen waren gerötet. „Es war schön", sagte sie und gab mir einen Kuss auf die Wange. „Schade, dass es nur so sein konnte." Dann bot sie mir an, einen Tee mit ihr zu trinken.

Sie kaufte zwei Gläser Tee bei einem chaiwalla an der Ecke.

Der Tee war stark und süß. Während wir ihn tranken, schauten wir Kindern zu, die auf der Straße Bollywoodtänze nachmachten, und mussten über ihre Show lachen.

Als ich ein paar Tage später wieder dorthin ging, war ein Internet-Café in die Räume eingezogen. Niemand, den ich fragte, kannte ein Mädchen namens Lata.

Viele Male bin ich dort noch vorbeigegangen, aber ich habe sie nicht wiedergesehen.

II

Ein paar Jahre später - ich hatte mein Studium abgeschlossen und wohnte allein in einem winzigen, mit Büchern vollgestopften Zimmer –, lag ich gerade auf meinem unordentlichen Bett, hing meinen Gedanken nach und lauschte dabei dem Lärm von der Straße, als es an der Tür klopfte. Ich öffnete einer eleganten, etwa 40jährigen Frau. Sie nannte meinen Namen und sagte, sie habe mich seit einigen Monaten gesucht. Sie wolle mich nicht lange aufhalten, müsse mir aber „etwas nicht ganz Unwichtiges" erzählen. Beim Hauswächter unten habe sie sich als meine Tante aus Delhi ausgegeben. Ich bat sie herein und räumte hastig ein paar schmutzige Kleidungsstücke von meinem einzigen Stuhl, damit sie sich setzen konnte.

Sie wollte sich aber nicht setzen. Stehend und aus dem Fenster schauend erklärte sie mir, dass es ihr schwerfalle, von den Geschehnissen, die sie selbst und mich beträfen, zu sprechen. Sie sei zu der Zeit, um die es gehe, verheiratet gewesen, nicht glücklich, doch das seien ja viele. Ihr Mann habe Kinder von ihr haben wollen, aber … sie stockte und strich sich mit ihrer schönen Hand das Haar aus der Stirn. Über eine Freundin habe sie von einer Art literarischem Salon erfahren, der in Wirklichkeit einem ganz anderen Ziel gedient habe, dem Ziel nämlich, Frauen auf diskretem Weg zu einer Schwangerschaft zu verhelfen. Sie habe viel Geld bezahlt und sei in ein Zimmer geführt worden. Dort habe ihr eine ältere Frau, die sich Madame Bella nannte, alles erklärt und dabei den durchbrochenen Fußboden, die darunter gebaute Kammer und den mit einer Öffnung versehenen Sessel gezeigt, der dann darüber geschoben worden sei. Sie habe sich ausgezogen und breitbeinig hineingesetzt. Madame habe ihr eine Decke über den Schoß gelegt und eingeschärft, sich nicht zu verraten. Wenn sie sich bewegte, solle sie so tun, als zupfe sie ihren Sari zurecht, wenn sie stöhnte, würde sie die Musik lauter stellen, habe die Madame gesagt. Danach seien die an Literatur interessierten Damen eine nach der anderen erschienen, und es habe Tee und Süßigkeiten gegeben.   Wie es an diesem Abend weitergegangen sei, wisse ich ja, sagte die Frau und sah mich an. Ich senkte den Blick zu Boden. Und mit dem Po … da sei es mit ihr durchgegangen. Schwanger sei sie übrigens nicht geworden und bald darauf hätten sie und ihr Mann sich getrennt. Von Lata habe sie nie wieder etwas gehört.

Draußen begann es zu regnen. Ich begann einen Tee für uns zu kochen. Der Geruch, der von Kardamom und Kreuzkümmel aufstieg, die ich in einem Mörser zerstieß, erinnerte mich - wie immer seit jenem letzten Kuss - an Latas Mund.

Als ich Rani, so hieß sie, das Glas mit dem heißen Tee reichte, strich sie mir mit ihrer Hand über das Gesicht.

Die Nachbarin

Es war im Frühling des Jahres 1985. Ich hatte meinen Militärdienst in einer mittelitalienischen Stadt angetreten und konnte, dank eines Onkels, der mir das nötige Geld zur Verfügung stellte, ein Zimmer außerhalb der Kaserne mieten. Ich wohnte im dritten Stock eines terracotta-braunen Mehrfamilienhauses und hatte sogar einen kleinen Balkon. Der Anblick der Stadt wurde von der breiten, kahlen Kuppe eines weit über tausend Meter hohen Berges beherrscht. Jeden Tag hatte der Berg eine andere Farbe: rehkitzbraun, steineichengrün, blaupausenblau, zu Beginn mit schneebedeckter, sonst gebräunter Glatze oder mit strahlend weißer oder gewittrig schimmelfarbener Wolkenhaube. Auf dem Balkon roch ich die über die Bergflanken wehende Luft, sie duftete erfrischend nach wilden Kräutern, manchmal auch nach Holzfeuern. Dann, in schwülen Sommernächten stieg der Geruch süßlich faulenden Mülls zu mir herauf, und manchmal meinte ich, das etwa hundert Kilometer weit entfernte Meer zu riechen, das salzige Wasser, den aufgeheizten Sand, vielleicht sogar Sonnenöl auf heißem Fleisch.

Nachts, wenn ich im Bett lag und die Fledermäuse oder Regentropfen an mein Fenster klopften oder ich nur das Pulsieren meines Bluts in den Ohren hörte, dachte ich vor allem an Sex. Ich hatte noch keine Freundin gehabt, meine Vorstellungen beruhten auf Abbildungen, die ich in Biologiebüchern gesehen hatte und ein paar Zeitschriften, die ich mir immer wieder ansah. Darin waren halb bekleidete Frauen abfotografiert, die sich küssten. Die

Bilder und schlüpfrigen Texte erhitzten mich, aber ich versuchte mich abzukühlen, indem ich darüber nachdachte, wie ich den von mir eingeschlagenen Weg, den ich schon seit einiger Zeit als einen falschen erkannt hatte, wieder verlassen konnte, ohne die Familie zu verärgern.

Das Haus verfügte über einen kleinen Personenaufzug, höchstens vier Personen hatten in der braun furnierten Zelle mit hohem Spiegel und Neonring an der Decke Platz. Die Bewohner, die ich – nicht zuletzt bei Aufzugfahrten - nach und nach zu Gesicht bekam, waren von keinem besonderen Interesse für mich. Da gab es die alte Dame mit dem Hündchen, das schweigende Ehepaar, den Menschenfeind usw. Eine Ausnahme bildete nur eine Frau aus der Etage über mir, etwa Mitte dreißig, mit etwas wildem blondem Haar, braunen Augen und einer Nase, die aussah, als sei sie einmal gebrochen gewesen. Sie trug stets Kleider, die ihre kurvenreiche Figur betonten. Diese Frau war die einzige Person im Haus, die gleich vom ersten Tag an immer ein paar nette Worte an mich gerichtet hatte.

Eines Morgens, ich musste an jedem Wochentag um 6 Uhr in der Kaserne sein, war mir, während ich mit dem Aufzug, in dem der Muff von Jahrzehnten haftete, - Baumaterialien, Kaffeeatem, Körpergeruch – hinuntergefahren war, aufgefallen, dass ich meinen Ausweis vergessen hatte, so dass ich sofort beschlossen hatte, wieder hinaufzufahren. Bevor sich die Türflügel jedoch wieder zusammengeschoben hatten, war jene nette Nachbarin zugestiegen. Sie musste sehr müde sein, denn mit

den Worten „Darf ich?“ umarmte sie mich und
hängte sich mir an den Hals. Ich drückte die Taste
mit der '4' und fuhr mit der Schlafenden hinauf. Ihr
Haar, das mich in der Nase kitzelte, roch aufregend
unergründlich, ihr Atem, der neben meinem Ohr
ein- und ausströmte, ein wenig bitter nach Zigaret-
ten und Aperol. Ich spürte ihre Brüste an meiner
Brust und musste unter ihr Gesäß greifen, um sie
zu halten. Oben nestelte sie ihren Schlüssel hervor,
zog mich in ihre Wohnung und auf ihr Bett, wo sie
mir „Gute Nacht“ ins Ohr flüsterte.

Während der Fahrstuhl wieder abwärts sackte,
nahm ich noch einen anderen Geruch wahr. Ich
hatte schon oft bemerkt, dass ich eine feine Nase
hatte, ich roch den verdunstenden Regen auf heißem Asphalt, Jasmin auf hundert Meter Entfer-
nung usw., - meine 'Kameraden' zogen mich schon
auf wegen meiner Empfindlichkeit Gerüchen gegenüber -, aber dass mein Körper auf einen Duft so
stark reagierte, war mir neu: Er erregte mich! Ich
schnupperte und fand ihn- vielfach intensiver - an
der Hand, die den Po der Nachbarin gestützt hatte.
Als ich ihn an meiner Hand roch, bäumte sich mein
Glied in meiner Hose auf. Ich ergab mich, zog meinen Reißverschluss auf, mein Schwanz drängte
sich aus der Unterhose heraus und ich erschrak:
Aus meinem sonst fleischfarbenen 'Wurmfortsatz',
wie ich ihn für mich manchmal nannte, war ein po-
chendes Ungetüm mit blaurot hervortretenden
Adern geworden, von dem ein fischig süßer Geruch
aufstieg. …

Ich vergaß, meinen Ausweis zu holen und kam zu
spät zur Kaserne.

Seit jenem Morgen hatte ich nur noch Augen für Anna -, ihren Vornamen hatte ich auf einem Briefumschlag gelesen. Offensichtlich hatte sie viele Bekanntschaften: Männer fuhren hinauf zu ihr, kamen hinunter. Ich sah sie in ihrem Alfa fortfahren, und oft kam sie mir müde entgegen, wenn ich gerade in Richtung Kaserne ging. Natürlich hörte ich Gerede, sie lasse sich kaufen, aber das machte sie nur faszinierender. Immer wenn ich mich an ihren wunderbaren, entspannten Mund erinnerte, der an meinem Hals weich Worte gemurmelt hatte, konnte ich sofort nicht mehr denken. Also versuchte ich, in ihre Nähe zu gelangen. In der Kaserne musste ich mich nicht mehr anstrengen, ich war entlassen worden und froh darüber. Mein letzter Tag war Ende des Monats. Bald schon musste ich es meiner Familie sagen.

Oft sah ich vom kleinen Fenster der Toilette aus von unten auf ihre zum Trocknen aufgehängte Wäsche hinauf, die sich auf dem Balkon in einer leichten Brise bewegte - so lange, bis ich das ungeduldige Klopfen eines meiner Mitbewohner an der Tür nicht länger ignorieren konnte.

Eines Abends, - ich hatte sie den ganzen Tag nicht gesehen – trat ich gerade draußen vor dem Haus auf den Fußhebel der Mülltonne und der Deckel klappte hoch, als ich Anna zu ihrer Giulietta gehen sah. Sie öffnete die Fahrertür, dann aber fiel ihr auf, dass sie etwas vergessen hatte und sie ging wieder ins Haus hinein. Wie ein Traumwandler stieg ich in den Fond ihres Wagens, legte mich auf den Rücksitz und wartete. Sie kam zurück und fuhr los. Ich konnte ihren hellen Nacken und den Flaum ihres Haaransatzes sehen. Der Drang, sie dort mit der Hand zu berühren, wurde immer stärker. Mein Herz raste. Was sollte ich tun?

Schließlich entschied ich mich für ein kurzes Husten. Sie bremste sofort, blickte kurz über ihre Schulter auf mich, dann fuhr sie weiter. Ich richtete mich auf, sah ihren Blick im Rückspiegel und legte ihr kurz meine vor Aufregung zitternde, feuchte Hand in den Nacken. Sie fuhr weiter, als sei nichts geschehen. Endlich hielt sie und stieg aus. Es war schon dunkel. Ich hörte das Kreischen der Zikaden, sah keine Lichter, wir mussten auf dem Land sein. Dann stieg sie hinten zu mir, öffnete meine Hose, als sei das ganz natürlich, und nahm mein steifes Glied in ihre Hand. Sie rieb es etwas und spielte damit, da begann es zu pulsieren und spritzte auf ihre Bluse. Sie wischte den Samen gelassen weg, stieg aus und forderte mich auf mitzukommen. Sie breitete eine Decke im Gras aus und schlüpfte aus Hose und Slip. Ich sah ihr dunkles Dreieck. Dann zog sie mich zu sich hinunter, nahm meine Hand und führte sie an ihr feuchtes Geschlecht, von dem ein Geruch nach Meer aufstieg, ein Duft, der meinen Schwanz sofort wieder steif werden ließ. Während sie mir zeigte, wie ich mit meinen Fingern ihre Schamlippen entlangfahren und ihren Kitzler reiben sollte, sagte sie, ich hätte Glück gehabt, dass heute ihr freier Tag sei. Kurz darauf fragte sie, ob ich sie lecken wolle. Ich nickte und sie zeigte mir, was ich mit meiner Zunge und meinen Lippen machen sollte. Dann wollte sie, dass ich sie mit meinem - von ihrer 'Gina', wie sie sie nannte, nassen - Mund küsse, meine Zunge in ihren Mund stecke und abwechselnd in ihre Brustwarzen biss. Während ich das tat, streifte sie mir ein Kondom über meinen Schwanz und sagte, jetzt solle ich sie bumsen. Dabei sollte ich ihr noch einen Finger in den Po stecken. Als mein Finger in ihr Poloch eindrang, stöhnte sie und ihre Zunge glitt um meine herum; sie schmeckte etwas bitter. Dann kam es mir ...

Jetzt erst nahm ich die Wiese um uns herum wahr, das Rauschen der Halme und Zirpen der Grillen. Ich roch das abkühlende Korn, den Tau, den Dunst, die Erde und Anna. So lagen wir da. Eine Mücke landete auf meiner Brust, aber ich war zu faul, um nach ihr zu schlagen. Sollte sie doch saugen. Nach einer Weile nahm Anna meine Hand und hielt sie mir an die Nase: Der Geruch ihres Safts und der Honigduft ihres Pos richteten mein Glied sofort wieder auf. Sie sagte, ich hätte eine Nase wie ein Hund. Dann ging sie auf alle Viere und bot mir ihren Hintern an. Ich sah und roch ihre saftige 'Gina' und die Region um ihr Poloch. Diese dunkle Gegend zog mich so unwiderstehlich an, dass ich sie dort zu lecken begann. Sie stöhnte, senkte ihren Po und verlangte, dass ich sie „in den Arsch ficken" solle. Ich war schockiert von ihren Worten, aber sie erregten mich noch mehr. Während sie mir mit viel Spucke half, meinen Schwanz in ihren Po zu bohren, erklärte sie, wie wir uns in Zukunft treffen würden. Ich sei ja ein Nasenmensch, und wenn sie Lust auf mich habe, wäre ihr Geruch das Signal. Wenn es so weit sei - nur an freien Tagen mache ihr das Vögeln Spaß -, würde sie im Aufzug ihren Slip runterziehen und ihre Muschi reiben. Wenn ich ihren Duft röche, solle ich zu ihr hinauffahren ...

Dann biss Anna in die Decke, um ihr Stöhnen zu dämpfen. Diesmal dauerte es lange, bis ich kam.

Nach diesem ersten Mal war mein Schwanz einige Tage lang wund.

Ich hatte ihn gerade wieder einmal eingesalbt und war in den Aufzug gestiegen, um Brot in der Stadt zu kaufen, als ich im Fahrstuhl Annas Duft bemerkte. Kurz darauf stand ich mit hartem Schwanz vor ihrer Tür und bemerkte, dass diese offen war. Es war die Zeit der größten Hitze. Die Rollläden waren heruntergelassen, die ganze Wohnung war dunkel. Ich begriff sofort, dass es sich um ein Spiel handelte. Anna hatte sich versteckt und ich musste sie finden, indem ich dem Aroma, ihrer feuchten Muschi folgte. Also begann ich, die Räume schnuppernd zu durchstreifen. Schließlich meinte ich, in der Küche ihren Geruch, allerdings sehr leicht, zu riechen. Vielleicht irrte ich mich auch? Ich öffnete den Kühlschrank, aber nahm im Schwall kalter Luft, der aus ihm strömte, nur den Geruch von Parmesan wahr. Als ich die Tür wieder zuklappte, sah ich in einem Lichtstreifen, der durch den Rollladen fiel, ihre nackte Schulter hell im Winkel hinter dem Frigo. Ich packte sie an den Pobacken und wir sanken auf die kühlen Marmorfliesen. Dort sah ich das rosafarbene Fleisch ihrer Scheide inmitten schwarzer Haare. Wie ein aufgebrochener Seeigel ...

Später, als wir das Licht anmachten, sahen wir, dass wir eine glänzende Schleimspur auf dem Küchenboden hinterlassen hatten.

Am nächsten Morgen wachte ich mit steifem Schwanz in meinem Bett auf und stellte mich im kleinen Badezimmer unter die Dusche, um mich abzukühlen. Wie immer schaute ich durch das halboffene Fenster zu Annas Balkon hinauf und diesmal stand sie da. Ich sah, dass sie mich gesehen hatte und konnte unter ihren kurzen Rock schauen. Sie trug keinen Slip, ich sah ihr schwarzes Vlies. Sie tat so, als rücke sie ihr Höschen zurecht und zog dabei extra für mich ihre Schamlippen auseinander, jetzt rieb sie sich den Po, schnüffelte an ihren Fingern ... Mein Schwanz, der, je größer und heißer er wurde, immer stärker nach ihrem Saft von der gestrigen Nacht roch, sah furchterregend aus: der dicke, gebogene rote Schaft, um den sich violette Adern ringelten, und die prall auf dem Stamm sitzende lilafarbene Eichel. Anna hatte jetzt einen neuen Einfall: Sie beugte sich über das Geländer vor und ließ einen Spuckefaden von ihrer Zungenspitze herabhängen, der immer länger wurde und in der Morgensonne glitzerte. Sie ließ den Faden schwingen, ich streckte meine Hand aus dem Fenster. Als er abriss, fing ich einen Teil auf, schmierte ihre Spucke auf meinen zum Platzen prallen Schwanz und nach wenigen harten glitschigen Auf und Abs mit meiner Hand spritzte er so stark, dass der erste Spermaschwall gegen den Fensterrahmen klatschte.

Von ihrer Arbeit erzählte sie nie etwas. Sie liebte es, Spiele mit mir zu spielen. Wenn es darum ging, sie zu finden, steckte sie sich zum Beispiel den Finger in den Po und rieb ihn dann an einem der Fahrstuhlknöpfe ab. Ich musste dann durch Schnüffeln herausfinden, auf welchem Stockwerk sie sich aufhielt. Natürlich fand ich sofort heraus, wo der Honiggeruch ihres Pos herkam, musste aber auf der Etage dann suchen. Einmal hatte sie Blumenerde und eine kleine Schaufel dabei und beugte sich über einen der Pflanzenkübel mit künstlichen Fettgewächsen oder irgendwelchen Azaleen-Attrappen. Ich roch und sah dann auch, dass sie unter ihrem Minirock keinen Slip trug. Als ich meinen Schwanz in sie stecken wollte, merkte ich jedoch, dass in ihrer Muschi ein Vibrator steckte. Sie bot mir ihr Arschloch an, aber erst als sie es mit Spucke eingeschmiert hatte, konnte ich in sie eindringen. Lautlos bumsend hatten wir plötzlich eine schwierige Situation zu überstehen. Der Lehrer, der auf dieser Etage wohnte, kam aus dem Aufzug und trat von hinten an uns heran. Ich tat so, als stünde ich hinter der 'Pflanzenden' und schaue ihr interessiert über die Schulter. Dabei steckte mein Schwanz tief in ihrem Po und war kurz davor, mein Sperma in sie hineinzuspritzen. Anna erläuterte mit leicht flatternder Stimme, was die Wurzeln so alles brauchten, während sie gleichzeitig ihre Rosette rhythmisch zusammenkniff, um meinen Schwanz zu melken. Erst später erklärte sie mir, was nun geschah. Sie kannte den Lehrer als einen ihrer Kunden, wusste, dass er nur Augen für sie hatte, richtete sich auf, pflockte dabei ihren Arsch einfach von meinem schon pulsierenden Schwanz ab. Während sie ein paar Schritte auf den Lehrer zuging, um ihn zu begrüßen, spritzte mein Sperma hinter ihr her und klatschte auf ihren nackten Po. Zum Glück hatte der Lehrer nur Augen für sie, Küsschen hier Küsschen da, während sie mit ihrer Linken ihren Rock hinten tiefer zog und dabei meinen Samen auf ihren Pobacken verschmierte. Ich fragte mich, ob der Typ den Camenbertgeruch nicht bemerkte.

Ein anderes Spiel war, in einem Café erotische Literatur zu lesen und dabei unter einer über die Beine gelegten Jacke das Geschlechtsteil des anderen zu reiben, bis es nicht mehr auszuhalten war und ich und dann sie oder sie und dann ich zur Toilette wankten. Dort steckte ich meinen Schwanz in ihre triefende Muschi und wir beide kamen sofort. Danach lief ihr der Saft langsam wieder aus der Scheide und durchfeuchtete dunkel ihre Jeans.

Das alles geschah an Annas freien Tagen, meistens donnerstags.

In der Militärschule zogen sich die Tage dahin. Nachdem klar war, dass ich entlassen würde, hatte man mich anfangs viel herumgescheucht und verspottet, später beachtete man mich nicht mehr. Insgesamt musste ich viel putzen.

Dann wurde Anna krank. Ich weiß nicht, was es war, zuerst verlor sie den Glanz ihrer Augen, vielleicht war es eine Depression. Sie hatte kein Interesse mehr an Sex. Dann musste sie ins Krankenhaus. Ich besuchte sie nicht, denn ich hätte nicht gewusst, worüber ich reden sollte. Außerdem hatte ich mich in ein Mädchen verliebt, das in einem Café um die Ecke arbeitete.

Monate später – das Mädchen hatte mich erhört, langweilte mich aber schon – begegnete ich Anna noch einmal im Haus. Sie wirkte traurig und trug einen Umzugskarton, zog also offenbar aus. Sie

sagte nichts, ich sah sie an, fand aber keine Worte.
Da wandte sie ihr Gesicht von mir ab, so als
schämte sie sich – für mich.

Ich habe sie nie wiedergesehen.

Surf's up!

Ich tigerte im klimatisierten Haus umher. Vom living room mit den geschlossenen Terrassentüren, - draußen künstlich grün besprühter Rasen, eine blendend weiße Betonmauer und ein verkümmertes Bäumchen - ging ich, die umgewälzte Luft aus der Klimaanlage einatmend, an den zwei Couchgarnituren vorbei, am Magnum-Flatscreen, fallende Schneeflocken als Schonbild, dem aufgeklapptem Laptop davor. Tippte ich drauf, erschiene das Facebook-Profil eines ehemaligen Highschoolfreunds ...

Ich fröstelte, sah im Vorbeigehen meine harten Brustwarzen unterm T-Shirt, ging in die Küche, blanke, glänzende Flächen, alles weggeräumt, mein dunkler Kopfumriss mit Wuschelfrisur in den Kacheln, als ich mich über die Spüle beugte, hinaus auf die leere, flimmernde Straße sah, auf ein chromblitzendes Auto in der Einfahrt gegenüber, auf grelle Bungalowwände.

Wie war ich nur in diesem totlangweiligen Suburb gelandet? In dieser Stadt voller Manager, in diesem gottverdammten Tal, diesem IT-verseuchten Silicon Valley? Na ja, da gab's natürlich Bill, meinen Marketingmann, der heute Morgen mal wieder auf Dienstreise abgeschwirrt war. Ich hatte ihn zur Tür gebracht. Eine ferne Erinnerung, langweilig, einer von diesen hunderttausend Männern hier im Tal, die im geschniegelten Anzug, mit Sonnenbrille, glänzenden Schuhen, Handgepäck, zwischen Lobbies, Konferenzräumen, Hotelzimmern, Bars und Vorstadthäuschen pendeln, Hände schütteln, immer wieder dieselben Worte in sonorem Tonfall sprechen und sicher hin und wieder Prostituierte ficken.

Hatte ich das jetzt wirklich gedacht? Ich stellte mir Bill beim Sex mit einem Callgirl vor, seine geschäftsmäßige Art. Ich hatte mir heute Morgen nach einem kurzen Kuss auf seine Wange, die nach seinem scheußlichen Aftershave roch, die Lippen abgewaschen und mich nochmal hingelegt.

Mittags hatte ich mir zwei Toasts gemacht und Orangensaft getrunken. Danach etwas aufgeräumt, jetzt war nichts mehr zu tun. Schon nach einem Jahr hatte ich dieses Leben satt. Ich musste raus, aber draußen rumlaufen konnte ich bei der Hitze nicht und ich hatte keine Lust, einfach durch die Gegend zu fahren. Ich schaute mir noch einmal Bills Profil auf unserem Hochzeitsfoto an. Es sagte mir eigentlich nichts. Ich schlüpfte in einen Minirock.

Telefonieren konnte die Rettung sein. Da gab es eigentlich nur eine Möglichkeit. Geena, die ungefähr in derselben Sackgasse steckte wie ich. Erst letzten Monat hatte ich sie bei einer Art Tupperware Party kennengelernt. Aber Geena antwortete nicht. Ich entschloss mich, die wenigen hundert Meter zum Bungalow der Browns zu gehen und nachzuschauen, ob sie vielleicht doch da war.

Draußen war es extrem heiß. Überall war das Brummen der Klimaanlagen zu hören, die hässlichen Kästen hingen überall und pusteten mich an. Während ich den Asphalt entlangschlappte, kam mir mein Körper vor wie ein Stück Fleisch, das gegrillt wurde, was mir irgendwie gefiel. Ich stellte mir vor, wie ein Mann einen Schluck kalten Biers nahm und in meinen dampfenden Po hineinbiss.

Unter dem Dach der Veranda klopfte ich an die Tür und wartete. Irgendwo im Haus rief jemand etwas. Es dauerte aber noch etwas, bevor Geena öffnete. Meine zierliche, schwarzhaarige Nachbarin war außer Atem und stand auf hochhackigen Schuhen und in einen pinken Bademantel gehüllt vor mir. Sie sagte irgendetwas auf Italienisch, lachte ein wenig verlegen und führte mich in die Küche.

„Willst du einen Drink?"

Ich schüttelte den Kopf.

„Gras hab ich auch da."

Ich wusste nicht warum, aber ich nickte und sah Geena nach, die ins Wohnzimmer ging. Das Haus war genauso geschnitten wie unseres. Durch die Durchreiche sah ich, wie sie hastig einen Dildo hinter ein Sofakissen steckte und ein Päckchen vom Couchtisch nahm.

Während sie kurz darauf einen Joint baute, rutschte ihr eine ihrer Brüste aus dem Bademantel. Sie war klein, hellbraun, und hatte eine sehr lange dunkle Brustwarze. „Scusa. Meine Titte", Gina steckte sie wieder in den Bademantel, der aber noch weiter aufging. Außerdem kamen ihr die weiten Ärmel dauernd in den Weg, so dass sie schließlich ungeduldig einfach aus dem oberen Teil des Kleidungsstücks schlüpfte. Weil ich gerade hinter ihr stand, konnte ich ihren Rücken hinuntersehen bis zu der geschwungenen Mulde, unter der sich ihr kleiner Po kugelig wölbte.

Wir setzten uns auf die Couch und rauchten den Joint.

„Ich bin froh, dass mein Mann weg ist", stellte Geena nach einer Weile fest.

Ich nickte nur.

„Ist deiner auch langweilig?"

„Mmh", war alles, was ich sagen konnte. Mehr kriegte ich nicht hin. Plötzlich musste ich kichern.

„Warum lachst du?", fragte sie nach einer Weile mit belegter Stimme.

Ich wusste nicht genau, warum ich lachte, aber erzählte davon, wie einfallslos unser Sex war und wie doof Bill guckte, während er mich bumste und wenn er kam.

Geena kicherte. „Du siehst bestimmt auch verblödet aus."

Ich nickte. Dann fiel mir ein, dass ich ja nur kam, wenn ich es mir selbst machte.

Geena sagte, sie müsse mal und eierte hinaus.

Ich zog den Dildo hinter den Sofakissen hervor. Es war ein halbwegs echt aussehender Schwanz, rotviolett, mit dicken Adern, die sich um den dicken Schaft kringelten. Er roch etwas nach Sardellenpaste.

Geena ertappte mich dabei, wie ich an dem Ding schnupperte. „Der Sex mit diesem Dick ist jedenfalls besser als mit meinem Dick", sagte sie und lächelte. „Leckt dich deiner denn mal?"

Ich schüttelte den Kopf.

„Warum nicht?"

Ich zuckte mit den Schultern. „Vielleicht mag er den Geschmack nicht oder den Geruch."

„Wie schmeckst du denn?"

„Weiß nicht."

„Komm, lass mich mal riechen."

Bekifft griff ich unter meinen Rock, hob die Hüften und zog den Slip herunter. Dann steckte ich mir einen Finger rein und zog ihn wieder raus.

Geena plumpste neben mich und roch an meinem Finger. „Kreuzkümmel und Curry. Wow. Purer Sex. - Bei mir ist es mehr wie diese vietnamesische Fischsauce." Sie streifte den Bademantel ab, legte sich auf die Couch und spreizte die Beine. Sie war rasiert, ihre Schamlippen glänzten feucht.

Ich wollte an ihr schnuppern, verlor das Gleichgewicht und landete mit dem Gesicht auf ihrer Muschi. Es roch aufregend. Stark, etwas fischig, fremd.

„Leck mal."

Ich leckte vorsichtig. „Schmeckt gut", murmelte ich und leckte weiter.

Sie begann zu stöhnen und sich zu bewegen.

Ich fühlte, dass ich feucht wurde, dass mir mein Saft ins Höschen lief. Ich nahm ihren Kitzler zwischen die Lippen und saugte daran. Sie schlang ihre Schenkel um meinen Kopf. Ich steckte meine Zunge tief und rhythmisch in ihre Muschi hinein, dann biss ich leicht in ihren Kitzler und spielte damit.

„Ich komme", stöhnte Geena jetzt, und ich spürte, wie sich ihre Muschi um meine Zunge zusammenkrampfte. Wieder und immer wieder.

Geena war immer noch wie weggetreten, als es an der Tür klingelte. Also machte ich auf.

Ein braun gebrannter Typ mit strubbeligen blonden Haaren stand vor mir, lächelte mich an und brabbelte irgendwas von Kühlwasser für seinen Motor. Er zeigte zur Straße, zu einem alten Kombi hin, auf dessen Dach ein Surfbrett festgezurrt war. Jetzt wartete er darauf, dass ich etwas sagte, aber Geenas Anchovi-Geschmack in meinem Mund verwirrte mich und ich schaute einfach in seine schönen, freundlichen Augen. Dann fielen mir seine weiß leuchtenden Zähne auf.

Zum Glück hatte sich Geena gefangen, trat hinter mich und bat ihn herein.

Wir füllten eine Flasche mit Wasser und gingen mit ihm zu seinem Wagen.

„Was ist denn das für ein Modell?", fragte ich und merkte, dass ich nuschelte. Das Auto gefiel mir. Es war grün und rot gestreift irgendwie - mit Heckflossen.

„'n AMC Baujahr 61."

Während der Surfer das Wasser hineingluckern ließ, fragte Geena, wohin er fahren wollte.

„Ans Meer, Strawberry Beach."

„Können wir mitfahren", fragte Geena plötzlich.

„Na klar", war alles, was er sagte.

Und als wäre es das Selbstverständlichste der Welt packten wir schnell ein paar Sachen zusammen.

Durch die offenen Fenster blies der heiße Wind rein und ließ meine Haare wild um meinen Kopf schlagen. Geenas Geschmack erregte mich immer noch und ich überlegte, wie es wäre, wenn sie ihren Kopf in meinen Schoß legen würde und anfinge mich zu lecken …

Joe, so hieß der Surfer, hörte relaxte Musik, erst alten Reggae und dann die Carpenters.

Irgendwann fuhren wir durch Santa Cruz und kamen bald darauf in ein Waldgebiet.

Wir parkten unter duftenden Pinien. Zikaden sägten laut auf der Suche nach Sex - wie ich, dachte ich. Von fern war die Brandung zu hören und wir rannten los zum Strand. Dort zogen wir uns aus und liefen in die herrlich kühlen Wellen hinein, tauchten ins tiefe Grün der Brecher und wieder auf in Sonnenschein, Wind und Himmelblau. Wir ließen uns von prickelndem Wasser überfluten, und der weiße Schaum spritzte uns ins Gesicht. Ich kraulte und fühlte meine Muskeln … plötzlich sah ich Geenas schlanken Körper durch die Luft fliegen,

Joe hatte sie hochgeworfen, mit einem Splash verschwand sie im Grün. Joe packte sie von hinten, seine großen Hände umfassten sie an der Hüfte, und ich meinte zu sehen, dass sein Glied groß und steif zwischen ihnen aufragte. Jetzt umarmte er sie und ich stellte mir vor, wie er seinen Schwanz unter Wasser in ihre Muschi stieß.

Bald darauf rubbelten wir uns gegenseitig trocken, da war sein Schwanz zwischen den lockigen Haaren eher klein und weich und ich fragte mich, ob ich mir alles nur eingebildet hatte.

Wir setzten uns nebeneinander, ließen einen Joint rumgehen, den Joe gebaut hatte.

Später holte er Decken, ein paar Dosen Bier und Tortilla Chips aus dem Auto und wir sahen zu, wie sich der Himmel langsam rosa färbte. Wir ließen uns auf den Rücken sacken und sahen ins dunkler werdende Blau hinauf. Geena begann mit ihren Lippen an meinem Ohr zu spielen und kurz darauf küssten wir uns. Dann küsste Geena Joe, dann Joe mich, und unsere Münder schmeckten nach Chili. Wir erzählten ihm von unserem Geruchstest.

Mit weichen Knien gingen wir schließlich zum Auto und Joe sagte, auch er wolle herausfinden, wie wir schmeckten. Also legten Geena und ich uns nebeneinander hin, steckten unsere Zunge in des anderen Mund und ließen uns gleichzeitig lecken.

„Miesmuscheln und Weißwein", sagte Joe zu Geena, kurz bevor sie schluchzend kam. „Moschus" zu mir, dann stöhnte ich und kam.

Danach hatten wir eine andere Idee. Wir gingen auf alle Viere und Joe leckte unsere Polöcher. „Nussig", mampfte er bei mir, „Honig" bei Geena, und wir schauten über unsere Schultern und sahen seinen Schwanz im Mondlicht wippen, dick und schön geschwungen mit einer riesigen glänzenden Eichel. „Fick uns endlich", schluchzten wir, vor Geilheit durchgedreht. Wir leckten seinen Schwanz, der aufregend roch, bis er ganz nass war. Unsere Zungen trafen sich, während sie den Schaft und die Eichel umkreisten. Dann legte er sich hinter mich, leckte meinen Nacken und biss leicht hinein. Ich fühlte seinen Schwanz zwischen meinen Pobacken und half ihm, den Eingang meiner Muschi zu finden. Ich stöhnte auf, als er in mich eindrang. Dann begannen wir zu ficken. Geena hatte sich so hingelegt, dass sie mich, oberhalb des ein- und ausfahrenden Schwanzes, am Kitzler lecken konnte. Ich steckte mit meiner Nase in ihrem Po und leckte sie. Ich wollte meinen Orgasmus hinauszögern, aber ich schaffte es nicht, ich fühlte, dass es mir jetzt kam und es war so stark, dass ich Joes Schwanz mit meiner Möse molk und molk, bis Joe stöhnte und anfing, in mich hineinzuspritzen, so dass ich wieder kam, Saft quoll aus mir raus, und das wiederum gab Geena den Rest, deren Kitzler ich mit meiner Zunge bearbeitete und deren Muschi jetzt meine Finger, die ich ihr reingesteckt hatte, rhythmisch quetschte und ebenfalls saftete. Ich stöhnte in sie hinein, Joe zog seinen Schwanz aus mir raus und ich sah ihn im Mondlicht von meinem Saft glänzen. Geena legte sich auf den Rücken und hob die Beine an, so dass ihre Kniekehlen ihre Wangen berührten und ihr Poloch einladend vor Joes Schwanz lag. Der stand aber nur auf Halbmast.

Also bot ich ihm eine sexy Show. Ich hockte mich über Geenas Gesicht, so dass mein Saft auf sie tropfte, dann ließ ich sie mich lecken. Gleichzeitig steckte ich meinen spuckenassen Finger in ihren Po, um ihn auf den Schwanz vorzubereiten. Gina stöhnte, während ich mit dem Finger ein- und ausfuhr, und während ich das machte, sah ich, wie Joes Schwanz wieder praller wurde. Ich zog meinen Finger aus Geenas Po und gab ihn Joe zu schnüffeln. Sein Schwanz erzitterte, als er das Aroma roch. Dann leckte ich sein wippendes Riesending nass, damit er besser in Geenas Po eindringen konnte. Jetzt bohrte er langsam seine Eichel in ihr kleines Loch, ich leckte ihren Kitzler, während er sie weiter aufspießte. Nun zog er sein Glied ein wenig heraus, so dass ich Geenas Honigarsch roch. Endlich war er ganz in ihr drin und sie fickten los. Ich zwirbelte ihren Kitzler mit meiner Zunge und ölte seinen Schwanz mit meiner Spucke -, wir waren eine einzige Lustmaschine. Schließlich kamen wir alle zur gleichen Zeit, unsere Becken krampften. Joe zog seinen Schwanz aus Geenas Arsch und spritzte uns mit Schwällen von dickem Sperma voll. Alles roch nach Muschi, Spucke, Pohonig und Sperma. Erschöpft lagen wir alle aufeinander, ich weiß noch, dass ich Joes Schwanz sauberleckte.

Am Morgen wachten wir auf, räkelten uns zufrieden, liefen zum Meer, badeten in den Wellen und putzten uns die Zähne.

Danach machten wir es noch einmal zu dritt. Diesmal hüpften meine großen Brüste im Rhythmus der Stöße von Joes Schwanz, der in meinem Po steckte,

ich rieb mich selbst dabei und leckte gleichzeitig
Gina, die vor mir stand und deren lange dunkle
Brustwarzen und süßen kleinen Brüste über mir
steil in den Himmel standen.

Danach lagen wir alle zufrieden da und ich wusste
plötzlich, dass ich nicht wieder ins Valley zurück-
kehren würde.

Matrimonio

Während die Sonne wie eine Heizlampe, die ein durchgeknallter Elektriker-Gott installiert haben musste, die Stadt zum Glühen brachte, ging er zur Markthalle. Über das Geländer sah er auf die geschwungene Bucht hinunter und dachte vierzig Jahre zurück. Damals war er dort mit Susanna auf der Vespa hinabgekurvt, um an einem abgelegenen Strand die Liebe zu machen. Zwei-, dreimal, auf den noch warmen Steinen liegend, alles hatte nach Spucke, ihrer Muschi und Treibholz gerochen und im Mondlicht hatte er sein Sperma auf ihre weißen Brüste und den braunen Bauch spritzen sehen...

Ihr gemeinsames Liebesleben sah schon lange anders aus. Noch vor fünf Jahren hatte er sich mit erotischen Fotos in Stimmung bringen können, mit Bildern einer Frau, die auf einem Sofa lag, die Brustwarzen ihrer großen Brüste steil nach oben ragend, die ihre Beine spreizte und in ihrem dunklen Vlies den Kitzler rieb, eine Frau, deren Schamlippen feucht glänzten und deren Poloch zu sehen war. Das hatte gereicht, um einen Steifen zu bekommen und es Susanna zu machen. Nun aber, mit über 60, war das nicht mehr genug ...

Als er in die Halle trat, umfing ihn der Geruch nach Fisch und Parmesan. Zielstrebig ging er auf den Stand zu, wo Olivia verkaufte, eine üppige Frau Ende dreißig, der der Sex aus allen Poren troff. Oft konnte man den Ansatz ihrer schwellenden Brüste am Saum ihres schwarzen BHs sehen. Und wie sie den Fisch griff! Er stellte sich vor, wie ihre weiß

lackierten Fingernägel sich in seinen prallen
Schwanz gruben und ihn molken. Wie immer lächelte sie ihn an und zeigte dabei ihre Zahnlücke,
durch die sie vielleicht gerade Sperma geschlürft
hatte. Jetzt brach sie für ihn einen Seeigel auf, bot
ihn an, fischduftender Schleim lief aus dem
schwarzstacheligen Ding heraus wie aus einer offen
dargebotenen, schwarzbehaarten, fickbereiten
Möse. Er schlürfte die Hülle aus und spürte dabei
seinen Schwanz dicker werden. Er kaufte Tinten-
fischarme, stark wie ein Penis an der Wurzel –
Saugnäpfe anstelle der dicken Adern. Susanna
fragte ihn, was sie noch für ihn tun könne. Sicher
hatte sie heute schon Sex gehabt. Vielleicht lief ihr,
während sie mit ihm flirtete, ihr Saft, gemischt mit
dem ihres Liebhabers, in den Slip.

Die Erektion beulte seine Hose aus, als er in der
Hitze durch den nach Pinien duftenden Park nachhause ging, - durch den schattigen Teil des Parks,
jetzt verfallen, in dem Susanna und er oft ge-
knutscht hatten, am Anfang, damals, bis ihre Zungen erschöpft und ihre Münder wund gewesen waren. Und in dem sie, auf der Parkbank knutschend,
eine läufige Hündin beobachtet hatten, die sich einem Rüden anbot. Während die Hündin bestiegen
wurde, hatte er seinen Finger in Susannas nasse
Vagina gesteckt und sie hatte seinen Schwanz gerieben, bis er in ihrer Hand gepulst und gespuckt
hatte. Sie hatte seinen Samen an einem Baum-
stamm abgerieben ... Als er auf dem Heimweg an
seinen Fingern geschnuppert und ihren Mösenduft
gerochen hatte, hatte sich sein Schwanz sofort wieder aufgerichtet, so dass er ihn zuhause im Badezimmer gleich wieder gewichst hatte.

Nun ging er durch die engen Straßen, und die Gedanken an damals, der Geschmack des Seeigels und der heiße Wind mit dem leichten Geruch nach Müll und Hundescheiße erregte ihn weiter.

Als er die Tür der Wohnung öffnete, hörte er Susanna stöhnen. So stöhnte sie beim Sex. Und so hatte er sie schon lang nicht mehr stöhnen hören. Er ging die Treppe hinauf, trat an die Schlafzimmertür, die einen Spalt offenstand und sah ins Zimmer hinein: Sie war auf allen Vieren im Bett und ein hinter ihr kniender, muskulöser junger Mann bumste sie von hinten. Aber anstatt eifersüchtig zu sein, geilte ihn der Anblick so auf, dass er seinen Reißverschluss an der Hose öffnete und seinen Schwanz befreite, der rotviolett und prall geschwollen hervorschnellte. Nun zog der Jüngling seinen dicken Schwanz in ganzer Länge heraus. Der gebogene Kolben mit der faustgroßen Eichel wippte vor der triefenden Muschi und glänzte vom Saft seiner Frau, die gierig mit ihrem großen Hintern wackelte und etwas keuchte, was er nicht verstand. Daraufhin stieß der Jüngling sein Ding so heftig in sie hinein, dass sie laut aufstöhnte und ihre großen, immer noch schönen Brüste erzitterten. Während er zusah, wie seine Frau gefickt wurde, - ihre ausladenden weißen Pobacken, auf denen die braunen Hände des Liebhabers lagen, klatschten bei jedem Stoß gegen dessen Lenden -, umfasste seine Hand den eigenen Penis, der so hart und groß war wie lange nicht mehr. Er stellte sich vor, wie sie gleichzeitig seinen Schwanz leckte, bis er ihr ins Gesicht und in die rot gefärbten Haare spritzte und wäre fast gekommen, aber da schluchzte seine Frau schon verzweifelt „Ich komme" und auch der Jüngling pumpte keuchend.

Jetzt musste er schnell seinen Schwanz in die Hose stopfen und sich zurückziehen. Er sah noch, wie sie ‚gut gefickt' auf dem Bett lag und den jungen Mann beobachtete, der sein mit Sperma gefülltes Kondom von seinem Schwanz abstreifte. „Ich schmeiß es gleich weg", murmelte seine Frau träge, kramte im Nachttisch und gab dem Mann Geld. Dieser ging hinaus und an seinem Versteck vorbei.

Er wartete, bis die Außentür ins Schloss fiel und betrat das Schlafzimmer. Es duftete nach der Muschi seiner Frau. Als sie ihn sah, flüsterte sie nur faul „Komm her". So als sei nichts gewesen. Dann öffnete sie ihm beiläufig den Hosenschlitz und holte seinen dicken Schwanz heraus. „Warum ist der so hart? Hast du uns etwa zugesehen?" Bevor er antworten konnte, nahm sie seinen Schwanz in den rot geschminkten Mund und begann ihn zu lutschen. Sie ließ ihn herausschnellen und schaute sich das von ihrer Spucke glänzende, wippende Ding an. „So hab ich ihn lange nicht mehr gesehen", sagte sie. Dann fuhr sie mit der Zunge den Schaft hinauf, schleckte den Wulst entlang und über die dicke rote Eichel. „Was willst du jetzt mit deiner untreuen Frau machen?", nuschelte sie. Er entzog ihr seinen harten Schwanz und ging neben ihr in die Hocke. „Deine Muschi hast du dem anderen hingehalten, ich will deinen Po. Ich will dein schmutziges Poloch lecken." „Du bist ein Schwein. Ich schäme mich", seufzte sie, drehte sich aber um und bot ihm ihr Hinterteil dar. Er schnupperte an ihr wie ein Hund. Aus ihrer Muschi tropfte Schleim. Er ließ zwei Finger hineingleiten. Sie war immer noch geil und bewegte sich auf seinen Fingern auf und ab, rieb ihren Kitzler. Er roch an ihrem dunklen Poloch. Der aufregende Geruch nach Honig und Kreuzkümmel überwältigte ihn und er begann, ihre Rosette zu lecken. Sie wand sich vor Lust, öffnete sich ihm, grunzte „Fick mich endlich in meinen schmutzigen Arsch". Er klatschte auf ihre Pobacken, ließ sie sich auf ein Kissen knien und schob seinen Schwanz langsam in ihr nass gelecktes Poloch. Als er tief in ihr steckte, biss er sie in den Nacken, griff nach ihren Brüsten und begann sie zu stoßen. Als er nahe daran war zu kommen, machte er eine Pause und sah auf sie herab, wie sie auf seinem Schwanz steckte. „Bestraf mich", stöhnte sie, rieb sich, und er schlug sie auf die Hinterbacken, fühlte sie zucken und fickte sie dann wie besessen weiter. Ihre Nacktheit, die schmale Taille, das Luststöhnen, der Geruch ihres Pos, ihrer Muschi und seiner Spucke auf ihrem Rücken, das Prallen ihrer Pobacken gegen seine Lenden, sein Schwanz eingequetscht in ihrem engen Tunnel, - er spürte, wie sich sein Samen aufstaute, ein zum Bersten mit heißer Spermasoße gefüllter Beutel ...dann hielt er es nicht mehr aus und sein Schwanz, tief in ihrem engen Po mit dem seine Wurzel knetenden After steckend, begann, das Sperma in schweren Schwällen in sie hineinzuschießen. Gleichzeitig spürte er, wie sie kam, wie ihr Po zuckend seine Rute molk, die nun völlig explodierte, alles aus seinen Hoden herauskatapultierte, bis nichts mehr darin war ...

Keuchend war er über ihr zusammengesackt, immer noch pulsend, zog schließlich seinen Schwanz aus ihrem Po heraus und ließ sich dann neben sie fallen. Sie richtete sich etwas auf, beugte sich zu seinem Schwanz hinunter und schnupperte an ihm. „So riech ich da also", sagte sie, nahm ihn in den Mund und begann zu lutschen. Er sah ihr zu, dann drehte er sie um und leckte sie, bis es ihr noch einmal kam.

Später küssten sie sich und lagen erschöpft nebeneinander.

„Hat doch gut geklappt", flüsterte sie in seinen Mund.

Hundstage

Von den Kieseln unter meinen Füßen stieg der Geruch verfaulter Muscheln auf. Im Wasser schlug ein Mann immer wieder einen toten Oktopus klatschend gegen einen Felsen, um das Fleisch weich zu machen. In den Pinien und Eukalyptusbäumen kratzten die Zikaden ihren rasenden Takt. Ich schaute auf die Uhr, die mir meine Frau zum letzten Geburtstag geschenkt hatte. Wie die meisten hier am Strand würden wir zum Mittagessen nachhause gehen und über die vielen heißen Stunden bis zum späten Nachmittag in unseren Ferienwohnungen nach dem Essen in einen tiefen Schlaf fallen. Meine Schwiegermutter wurde schon unruhig. Ich aber beobachtete eine Frau, die am Rand eines Olivenhains im Halbschatten stand. Sie hatte eine schöne Figur, vor allem ihr Po fiel mir auf. Offenbar fühlte sie sich unbeobachtet, denn sie trocknete sich ganz ungeniert ihre nackten Brüste ab, ich sah ihre langen dunklen Brustwarzen. Plötzlich sah sie zu mir herüber, fuhr mit ihrer Hand unter ihren Bikini-Slip und zog ihn zur Seite, so dass ich ihre rasierte Scham sah. Nun rieb sie sich kurz und führte ihre Finger an ihre Nase. Dabei atmete sie tief ein, wie jemand, der einen Duft genießt. Dann zupfte sie ihren Bikini zurecht und ging einen Pfad am Hang hinauf.

Wie in einem Traum folgte ich ihr. Meine Frau rief mir noch etwas nach, das ich nicht verstand. Ich ging durch hohes Gras, an ein paar zerfallenen Hütten vorbei und um einen blühenden Kapernstrauch herum und befand mich plötzlich, abgeschirmt vom Strandleben durch Oleander- und Ginsterbüsche, unter einigen Pinien. Dort saß die Frau nackt auf dem Boden. Sie lächelte mich mit Mokkaaugen und weißen Zähnen an und ich hockte mich hin. Sie sagte kein Wort. Um uns herum lagen Piniennadeln, Zigarettenkippen und vertrocknete Taschentücher. Nun ging sie auf alle Viere, streckte ihren Hals, bis ihr Kopf zwischen meinen Beinen war und zog mit ihren starken Zähnen meine Badehose hinunter. Ausgiebig beschnüffelte sie meinen wachsenden Schwanz - wie eine Hündin. Spielerisch biss sie hinein und leckte daran. Dann drehte sie sich so, dass ihr nackter Po direkt vor meinem Gesicht war. Ich sah den kleinen Krater ihres Polochs und darunter ihre geschlitzte Vulva wie eine große Pflaume zwischen ihren Pobacken. Ich roch ihr Geschlecht und näherte mich mit meiner Nase immer weiter ihrem Anus. Er roch nach Honig, ich leckte sie dort und es schmeckte wie Curry. Sie hob ihren Hintern und ich steckte meine Zunge in ihre Scheide. Ich schlürfte ihren Saft, der erregend nach Miesmuscheln schmeckte. Jetzt senkte sie langsam ihren Po auf meine Rute, so dass ich in sie eindringen konnte. Sie war sehr feucht. Ich biss sie in Nacken und Schultern und begann, sie heftig von hinten zu stoßen. Ich hörte sie stöhnen und das schmatzende Geräusch, das ihre Scheide bei jedem Stoß machte, ich fühlte ihren Saft an meinen Hoden herunterlaufen. Dann begann ihre Scheide, meinen Schwanz zu melken. Ihre Haare flappten im Nacken, während ich bei jedem Stoß ihre Brüste auf den federnden Pinienboden drückte. Im Rhythmus schob sie mir ihr Geschlecht entgegen und an ihren Brüsten vorbei sah ich ihren offenen Mund in den Dreck unter uns hineinstöhnen. Dann begann ich zu spritzen, und während mein Sperma die sich unter mir vor Lust Windende füllte, schaute ich auf ihren von meiner Spucke glänzenden Rücken. Danach lagen wir eine kurze Weile keuchend übereinander.

Als ich aber meinen Schwanz aus ihr herausziehen wollte, gab ihre Scheide ihn nicht frei. Wie zwei Hunde nach dem Akt waren wir aneinandergefesselt, damit nicht gleich der nächste sie besamen konnte. Ich schaute auf den goldenen Flaum, der hell auf ihrer braunen Haut stand und hatte plötzlich Angst, dass uns jemand so sah. Ich hoffte, mein Schwanz würde schnell kleiner werden, aber der Körper dieser fremden Frau und der Gedanke, dass ich in ihr steckte, erregten mich. Unerbittlich umklammerte mich ihre pulsierende Scheide, ich begann, sie wieder zu stoßen, erst langsam, dann wie rasend, wir stöhnten laut und kamen ... Wir sprachen nicht. Ich kam nicht von ihr los, sie umklammerte mich. Ich schaute auf ihren Nacken, Rücken, die seitlich gequetschten Brüste, ihre Pobacken an meinen Lenden, dann auf meine Uhr. Bestimmt wartete meine Familie schon ungeduldig auf mich, suchte mich sogar ...

Als ihre Scheide mich schließlich freigab, war mein nass glänzender Schwanz immer noch dick. Die Frau drehte sich um, lag ganz entspannt auf dem schmutzigen Boden und lächelte mich an. Zwischen ihren weißen Zähnen sah ich ein paar Piniennadeln, die sie wenig zu stören schienen. Aus ihrer Vagina troff weißgelb mein Sperma. Ihr Fuß spielte träge mit meinem Schwanz. Ich aber hatte es eilig, schaffte es jedoch irgendwie nicht, aufzustehen. Neugierig schnüffelte sie nun an meinem, von ihrem Saft bedeckten Schwanz. Dabei drehte sie sich auf die Seite, und ich - ich weiß nicht, warum – roch an ihrem Poloch wie zum Abschied. Der Geruch ließ meinen Schwanz wieder hart werden, aber nun war sie fort.

Ich fühlte mich seltsam. Etwas hielt mich an diesem Ort fest, zog mich unwiderstehlich an. Wieder ging ich auf alle Viere und beschnüffelte die Stelle, an der es geschehen war. Zwischen Schokoladenstanniolpapier und Popotaschentüchern roch ich überraschend deutlich ihren Duft. Kurz darauf ertappte ich mich dabei, wie ich unter einem Oleanderbusch an vertrocknetem Hundekot roch. Sofort hatte ich die französische Bulldogge, die sich dort erleichtert hatte, vor Augen. Alle Gerüche sagten mir etwas. Nun hörte ich ein Geräusch ganz in der Nähe. Durch Zweige hindurch sah ich, wie sich ein Po zu verdorrtem Gras herabsenkte, dann hörte ich es plätschern. Von hinten pirschte ich mich an, bis ich den sommersprossigen Rücken und weißen Po einer Frau vor mir hatte. Ohne nachzudenken, stupste ich meine Nase zwischen ihre Pobacken und beschnüffelte ihre Rosette. Die Frau schrie auf und floh. Ich folgte dem unwiderstehlichen Duft ihres Pos. Dabei stellte ich fest, dass ich mich auf allen Vieren fortbewegte. Zudem hatte ich das Gefühl, dass eine ferne Erinnerung verblasste. Aber das alles störte mich nicht mehr.